# Cut Thin to Win

## 新編賈氏妙探

## 之26 金屋藏嬌的煩惱

賈德諾 Erle Stanley Gardner 著 周辛南 譯

# 目錄
Contents

# Cut Thin to Win

# 目錄
Contents

出版序言

# 關於「妙探奇案系列」

當代美國偵探小說的大師，毫無疑問，應屬以「梅森探案」系列轟動了世界文壇的賈德諾（E. Stanley Gardner）最具代表性。但事實上，「梅森探案」並不是賈氏最引以為傲的作品，因為賈氏本人曾一再強調：「妙探奇案系列」才是他以神來之筆創作的偵探小說巔峰成果。「妙探奇案系列」中的男女主角賴唐諾與柯白莎，委實是妙不可言的人物，極具趣味感、現代感與人性色彩；而每一本故事又都高潮迭起，絲絲入扣，讓人讀來愛不忍釋，堪稱是別開生面的偵探傑作。

任何人只要讀了「妙探奇案」系列其中的一本，無不急於想要找其他各本，以求得窺全貌。這不僅因為作者在每一本中都有出神入化的情節推演，而且也因為書中主角賴唐諾與柯白莎是如此可愛的人物，使人無法不把他們當作知心的、親近的朋友。「梅森探案」共有八十五部，篇幅浩繁，忙碌的現代讀者未必有暇遍覽全集。而「妙探奇案系列」共為廿九部，再加一部偵探創作，恰可構成一個完整而又連貫的「小全集」。每一部故事獨立，佈局迴異；但人物性格卻鮮明生動，層層發展，是最適合現代讀者品味的一個偵探系列。雖然，由於賈氏作品的背景係二次大戰後的美國，與當今年代已略有時間差異；但透過這一系列，讀者仍將猶如置身美國社會，飽覽美國的風土人情。

本社這次推出的「妙探奇案系列」，是依照撰寫的順序，有計劃的將賈氏廿九本作品全部出版，並加入一部偵探創作，目的在展示本系列的完整性與發展性。全系列包括：

①來勢洶洶 ②險中取勝 ③黃金的秘密 ④拉斯維加，錢來了 ⑤一翻兩瞪眼 ⑥變！失踪的女人 ⑦變色的色誘 ⑧黑夜中的貓群 ⑨約會的老地方 ⑩鑽石的殺機 ⑪給她點毒藥吃 ⑫都是勾搭惹的禍 ⑬億萬富翁的歧途 ⑭女人等不及

了⑮曲線美與痴情郎⑯欺人太甚⑰見不得人的隱私⑱探險家的嬌妻⑲富貴險中求⑳女人豈是好惹的㉑寂寞的單身漢㉒躲在暗處的女人㉓財色之間㉔女秘書的秘密㉕老千計，狀元才㉖金屋藏嬌的煩惱㉗迷人的寡婦㉘巨款的誘惑㉙逼出來的真相㉚最後一張牌。

本系列作品的譯者周辛南為國內知名的醫師，業餘興趣是閱讀與蒐集各國文壇上高水準的偵探作品，對賈德諾的著作尤其鑽研深入，推崇備至。他的譯文生動活潑，俏皮切景，使人讀來猶如親歷其境，忍俊不禁，一掃既往偵探小說給人的冗長、沉悶之感。因此，名著名譯，交互輝映，給讀者帶來莫大的喜悅！

譯序

# 美國有史以來最好的偵探小說

周辛南

賈氏「妙探奇案系列」，（Bertha Cool—Donald Lanm Mystery）第一部《來勢洶洶》在美國出版的時候，作者用的筆名是「費爾」（A. A. Fair）。幾個月之後，引起了美國律師界、司法界極大的震動。因為作者大膽的在小說裡寫出了一個方法，顯示美國人在現行的美國法律下，可以在謀殺一個人之後，利用法律上的漏洞，使司法人員對他無計可施，只好讓他逍遙法外。

於是「妙探奇案系列」轟動了美國的出版界、讀書界和法律界，到處有人打聽這個「費爾」究竟是何方神聖？

作者終於曝光了，原來「費爾」就是名作家賈德諾的另一個筆名。史丹利·賈德諾（Erle Stanley Gardner）是美國當代最著名的作家之一。他本身是法學院畢業的律師，早期執業於舊金山，曾立志為在美國的少數民族作法律辯護，包括較早期的中國移民在內。律師生涯平淡無奇，倒是發表了幾篇以法律為背景的偵探短篇頗受歡迎。於是改寫長篇偵探推理小說，創造了一個五、六十年來全國家喻戶曉，全世界一半以上國家有譯本的主角——梅森律師。

由於「梅森探案」的成功，賈德諾索性放棄律師工作，專心寫作，終於成為美國有史以來第一個最出名的偵探推理作家，著作等身，已出版的一百多部小說，估計售出七億多冊，為他自己帶來巨大的財富，也給全世界喜好偵探、推理的讀者帶來無限樂趣。

賈德諾與英國最著名的偵探推理作家阿嘉沙．克莉絲蒂是同時代人物，都活到七十多歲，都是學有專長，一般常識非常豐富的專業偵探推理小說家。

賈德諾因為本身是律師，精通法律。當辯護律師的幾年又使他對法庭技巧嫻熟，所以除了早期的短篇小說外，他的長篇小說分為三個系列：

一、以律師派瑞．梅森為主角的「梅森探案」；

二、以地方檢察官Doug Selby為主角的「DA系列」；
三、以私家偵探柯白莎和賴唐諾為主角的「妙探奇案系列」；

以上三個系列中以地方檢察官為主角的共有九部。以私家偵探為主角的有二十九部，梅森探案有八十五部，其中三部為短篇。

梅森律師對美國人影響很大，有如當年英國的福爾摩斯。「梅森探案」的電視影集，台灣曾上過晚間電視節目，由「輪椅神探」同一主角演派瑞·梅森。

研究賈德諾著作過程中，任何人都會覺得應該先介紹他的「妙探奇案系列」。讀者只要看上其中一本，無不急於找第二本來看，書中的主角是如此的活躍於紙上，印在每個讀者的心裡。每一部都是作者精心的佈局，根本不用科學儀器、秘密武器，但緊張處令人透不過氣來，全靠主角賴唐諾出奇好頭腦的推理能力，層層分析。而且，這個系列不像某些懸疑小說，線索很多，疑犯很多，讀者早已知道最不可能的人才是壞人，以致看到最後一章時，反而沒有興趣去看他長篇的解釋了。

美國書評家說：「賈德諾所創造的妙探奇案系列，是美國有史以來最好的偵探小說。單就一件事就十分難得——柯白莎和賴唐諾真是絕配！」

他們絕不是俊男美女配：

柯白莎：女，六十餘歲，一百六十五磅，依賴唐諾形容她像一捆用來做籬笆，帶刺的鐵絲網。

賴唐諾：不像想像中私家偵探體型，柯白莎說他掉在水裡撈起來，連衣服帶水不到一百三十磅。洛杉磯總局兇殺組宓警官叫他小不點。柯白莎叫法不同，她常說：「這小雜種沒有別的，他可真有頭腦。」

他們絕不是紳士淑女配：

柯白莎一點沒有淑女樣，她不講究衣著，講究舒服。她不在乎別人怎麼說，我行我素，也不在乎體重，不能不吃。她說話的時候離開淑女更遠，奇怪的詞彙層出不窮，會令淑女嚇一跳。她經常的口頭禪是：「她奶奶的。」

賴唐諾是法學院畢業，不務正業做私家偵探。靠精通法律常識，老在法律邊緣薄冰上溜來溜去。溜得合夥人怕怕，警察恨恨。他的優點是從不說謊，對當事人永遠忠心。

他們也不是志同道合的配合，白莎一直對賴唐諾恨得牙癢癢的。

他們很多地方看法是完全相反的，例如對經濟金錢的看法，對女人——尤其美女的看法，對女秘書的看法……

但是他們還是絕配！

賈氏「妙探奇案系列」，為筆者在美多年收集，並窮三年時間全部譯出，全套共三十冊，希望能讓喜歡推理小說的讀者看個過癮。

# 第一章　誰的孩子誰換尿片

辦公室門磨砂玻璃上新漆的描金字：

柯、賴二氏私家偵探社。

左下角漆著二個合夥人的名字：柯氏及賴唐諾。

右下角漆著：辦公時間：九—五時。

我把門推開，走進去，向接待小姐點點頭。穿過接待室，走進另一扇門。門上漆著「賴唐諾。私人辦公室」。

卜愛茜——我的私人秘書，說：「外面辦公室等著的男人，你注意到嗎？」

「沒注意看，怎麼啦？」

「他要見你。」

「為什麼事？」

「說是有機密的事——除了你，他不願和別人討論。」

「他叫什麼名字？」

她交給我一張名片。名片上印的字個個凸起，連瞎子都可以用手摸出他名字來。名片上印著：

陶氏債券貼現抵押公司。

名片左下角印著：陶克棟，副總經理。

右下側印著公司地址，科羅拉多州，丹佛市。

「好吧，」我向愛茜說：「我們來見他一下。」

愛茜向接待小姐通話說：「賴先生已經來了。請陶先生進來。」

接待小姐替陶先生開門，讓他進來。

陶先生中等個子，五十左右的年紀，穿得很保守，而且有點過時，但衣服的質料卻是第一流的，使他顯得十分突出，看得出有錢的樣子。

他環視我辦公室兩次，才把目光固定在我身上。

「賴先生？」他懷疑地說。

「是的。」我說。

他沒有坐下。他看看卜愛茜，又看看我，他搖搖頭說：「對不起，我無意冒犯你，但是反正早晚總要說的，不如醜話說在前面。這件事你恐怕辦不了。」

「那你去找辦得了的好了。」

「我以為你是壯大的男人。」

「你要找私家偵探？」

「是的。」

「你要我做什麼事？對抗拳擊冠軍——還是調查工作？」

「我……我認為在你們這種行業裡，有時會碰到點動武的意外，所以體格狀況也是條件之一。」

「雖然我絕對相信你是有經驗的內行，但是因為我想像中要請你做的工作——你的夥伴怎麼樣？柯先生會不會……更多一點肌肉？」

我說：「柯氏當然一身是肉。」

他臉色開霽。

「柯氏，」我說：「指的柯白莎，是位女性。」

陶先生突然坐下來。「喔！老天。」他說。

我說：「陶先生，你也許看了太多的廉價小說。偵探被兩個粗眉大眼的壞人逼到廁所裡。兩個壞人都有刀在手裡。他抓住一個人的手腕，很用力，扭到刀尖向上，用膝蓋一頂，匕首脫手，插入天花板落不下來。膝下一抬，正踢中另一壞人的胃部。

「右手一個直拳，他滿意地看到鮮血從第一人的鼻子中噴出，手下感到他鼻骨擊成粉碎，向後一倒跌進浴缸，頭撞在浴缸邊上，昏了過去。

「我們的英雄左手把洗手台的水龍頭打開，右手順手在剛剛直起腰來的第二壞人頭頸後切一下。把兩隻手放進洗手池、洗乾淨，再電動烘乾。當警察衝進廁所來的時候，我們的英雄正在鏡子前調整領帶。

「一個警察問：『有什麼麻煩事嗎？』

「我們的英雄揚一下眉說：『麻煩？沒聽說過。』於是——」

「可以了，不必再說了。」陶克棟說。

「小說嘛，」我告訴他：「可以隨便編出來。」

「明顯的，是你自己在看那些玩意兒。」

「為什麼不？把自己幻想成主角，可以脫離一下對現實的不滿。」

「但是，你不可能真做到如此。」他說。

「你也不可能呀！」我告訴他：「唯一我知道可能的，也許只有柯白莎。」

他深思地看看我說：「奇怪你們這個偵探社，有那麼好的名譽。我的確知道兩件很難處理的案子，你們處理得很好。」

「用肌肉的案子？」我問。

他猶豫了一下，說道：「用腦的工作，這位柯太太是怎樣一個女人呢？」

「你看她一下就知道了。」

「我的案子裡也牽涉到一個女人。」他告訴我。

「通常案子裡都會有的。」

「也許……在這種情況下，你的柯白莎能派得上用處。」

「極有可能。」

「那女孩子年輕、任性，固執而不易控制，自以為要獨立，鹵莽無恥，而且忘恩無義。」

「換句話說，」我說：「是一個標準的正常現代女郎。她是你的愛人？還是伊甸園中沒見過世面的女人？」

他正經地說：「她是我的女兒。」

「原來如此。」我說：「也許你想和柯太太談談。」

「我現在想，請她一起來談談也好。」

我向卜愛茜點點頭。

愛茜接過內線電話，我立即聽到白莎電話傳來的嘎嘎聲。卜愛茜電話中向她簡單述說狀況。

她把電話掛上說：「柯太太立即過來。」

過不一分鐘，柯太太打開室門，走了進來。

白莎的外形有如老式貨運火車頭。短短的腿，大大的身體，像鑽石樣又冷又硬閃爍的小眼。當她闖進辦公室來時，不是心情很好的時候，她總喜歡拿她一甲子功力的年齡來表示她是資深夥伴。我知道她認為應該把陶先生用號角開道帶到她房間裡去的。

「柯太太，」我用最公式化的禮貌說：「容我給你介紹陶克棟，陶先生。他是陶氏債券貼現抵押公司的副總經理。」

陶克棟自椅子上站起來。

白莎閃爍的眼球看向他。

「陶先生，你好。」她說。

陶一鞠躬。

「真是非常幸運見到你。」她說。

「公事還是私事？」白莎轉向我問道。

「公事，」我告訴她：「陶先生有件案子要找我們辦。他認為案子中有點困難，不是我能對付得了的。」

「什麼樣的困難？」

「暴力。」我說。

「等一下，等一下。」陶阻止我說下去：「我可沒有這樣說。」

「你至少暗示了的。」

他開始向白莎解釋。「我只是提了一下。」他說：「我認為私家偵探應該是肩寬一點，重一點，較年長一點，必要時可以應付暴力。」

「我們應付得了。」白莎說。

「我現在也知道你們應付得了了。」

「案子裡牽涉到一個女人。」我告訴白莎：「陶先生認為這會使情況複雜化。」

「當然，有了女人，任何情況都會複雜化的。」

白莎用雙手抓住椅子的兩個扶手，慢慢地坐到椅墊上。手在移動的時候，手指上的鑽石戒指閃爍發光。她欣賞自己戒指發光。她眼睛也閃爍地看向陶克棟。

「想要說是怎麼回事嗎？」

「這件事，」陶說：「說起來實在也不是十分雅聽的。」

「雅聽的故事從來不會到這裡來。我們也沒有聽到過雅聽的故事。」白莎說。

「這是件家庭糾紛。」

我把那豪華的名片交給白莎。

她用大拇指在浮起的印刷字上摸了一下，突然問陶克棟道：「你是副總經理？」

「是的。」

「你姓陶？」

「是的。陶克棟。」

「但是公司的名字是陶氏債券貼現抵押公司。怎麼會那麼巧呢？」

他說：「公司是我父親當初所創設的。」

「你父親已不在了？」

「他已退休了。不過還是公司的董事長。」

「那你為什麼不是總經理呢？」

「我看我們的家事可以不必討論，柯太太。」陶很正式地說：「不過我哥哥正好是總經理。」

「懂了。」白莎說：「吐出來吧。」

「對不起，我沒聽懂？」

「你為什麼來？要我們做什麼？」

陶的眼光，自白莎身上看向我，又看向白莎。

「我有個女兒。」他說。

白莎坐著不講話。

「她二十三歲。她不受禮教節制，她不懂得感恩。我想以老式眼光來看，是不道德的。」

「今日的人不會用老式的眼光來看女人的。」白莎說：「老一輩的落伍了。這就是癥結所在。」

「當她明確表現出不可能受一般禮教管制，又故意要不顧我們陶家的名譽時，我斷絕了對她的經濟支持。換句話說，要是她繼續反對我的願望，對我忠言逆耳的話，我就一毛錢不給她用。」

「她就範了？」

「她出走了。」

我問：「這一切發生在科州的丹佛？」

他看向我，看看他自己的鞋尖，又抬頭看我。

「是的。」

「之後呢？」我請問他。

「我女兒，」他說：「離家出走了。她來了洛杉磯，和一個男人混在一起。我不喜歡這門親戚，我也不喜歡那個男人。」

「你見過他？」

「是的。」

「他叫什麼名字？」

「董宣乃。」

「你女兒叫什麼名字？」

「麗施，美麗的麗，西施的施。」

「看來你和女兒聯絡從未中斷。」

「她有時寫信給我。」

「她離家多久了？」

「大約兩個月。」

「你希望我們做什麼？」

他有一點坐立不安，在坐椅中改變了兩、三次位置。

「不要找托詞，」我說：「一定發生了什麼變化，否則你不會找什麼私家偵探。」

他說：「我不知道你們能不能幫我的忙。」

「你不說清楚，我也不知道能不能幫你忙。」我告訴他。

他敏銳地看著我。

白莎說：「唐諾的意思是請一個私家偵探要花很多錢。為了解決戀愛問題，可能划不來。」

「錢，絕對不成問題。」陶說。

白莎的臉輕鬆下來。「我懂了。」她輕聲道：「這是原則問題。」

「不錯，」他說：「還有家屬的面子問題。」

「家屬面子有什麼關係？」我問。

他說：「我告訴你的都是機密。誰來問你，你都可以不洩漏的，是嗎？」

「是的。」

「做私家偵探，你們是有牌照的，對嗎？」

「是的。」

「但是，隱而不報重要刑案證據，你們是要被吊銷執照的？」他問。

「是的。」我說。

「所以，可能使你們執照被吊銷的客戶，你們是不要的，是嗎？」

看見白莎在猶豫，我說：「目前只是你一個人在講話。」

「所以，」他說：「假如我完全向你們坦白，你們不能接受我做一個客戶，於是你們不能保護我。換言之，假如你們願意照我的方法保護我，我就不能完全向你們坦白。」

「像這樣的處理問題。」我警告他：「說不定會多花很多冤枉錢。」

白莎贊同地向我笑笑。

陶克棟彎腰拿起一只手提箱，從裡面拿出一個信封，從信封裡他拖出一小塊撕破下來的布料。他把撕下的破布片交給白莎。

白莎亮著鑽戒的手，翻動著那塊破布片。「這是什麼？」她說。

「我現在開始要很小心的講話，免得使你們落入進退兩難的情況——而自己進入了危險的局面。」陶克棟說：「很可能有人會宣稱，這塊布可能已被發現掛在一部車子上。我女兒實在沒有喝了酒，在本月五日駕這輛車。但有人歸咎於她，說她有駕這輛車。」

白莎說：「你的意思是說——」

「閉嘴！白莎。」我說。

白莎向我怒視著。

我說：「陶先生已經很清楚表明了他的立場。目前的情況需要小心地研究，我們不能在說話上把陶先生落入了進退兩難的情況。要知道，今日所說的每一個字，萬一宣了誓在法庭上被詰問時，我們不能說謊，每個字都要說出來的。重大刑案發生時，我們沒有替客戶保密的特權。」

陶克棟嚴肅地點點頭。

白莎慢慢地明白了我的意思。她把怒視目光收回，不斷地在我們兩個身上轉。

「唐諾，我們不能走斜路。」她警告我。

「當然不會。」我告訴她：「目前為止還沒有什麼路，可供我們斜走。陶先生，我想你不準備告訴我是誰取到這塊破布，或這塊布有什麼重要性。」

陶克棟虔誠地說：「我根本不知道這塊破布有什麼重要性。所以我才來找你。我要你找出，這塊破布有什麼重要性——假如有重要性的話。」

「假如真有重要性的話，你準備怎麼辦？」

「除了接受，還有什麼辦法？」他說。

「你一再提起家屬的面子問題，但是對女兒沒有太多的情感，是嗎？」白莎問。

「不對，我非常愛我的女兒，但是她把我耐心磨完了。實在說來，她的行為已經使我不能表示愛她……至少，在公開情況下，不能表示愛她。我不論要為她做什麼都必須偷偷摸摸，不讓人知道。」

「你女兒住在這城裡？」

「是的。」

「用陶麗施本名？」

「不是，用董麗施。她和董宣乃同居。」

「住哪裡？」

「公園公寓。」

「董宣乃做什麼的？靠什麼為生？」

「恐怕目前是靠我女兒的錢維生。」

「她有點錢？」

「她離家出走的時候，隨身帶了一點錢——這一點我目前不要你去追究，因為你一追究就引起注意，而目前我最不喜歡的事是引起注意。」

「你要我們怎樣做？」我問。

「我要這件事處理得又快，又有效，又不聲張。假如這塊碎破布有重要性，我要事件處理到沒有不愉快的後遺症。」

「把那塊布放回手提箱去。」我告訴他。

「但我要你看一下。」

「我們都看過了。」

「也許你需要它來證明——」

「我們不要證明什麼！」我告訴他：「假如我們要幫助你或幫助你女兒，我們不敢確定已經有事。你當然知道為什麼。」

他慢慢地把布塊放回信封，又把信封放回手提箱。

「現在，」我說：「假如你還要我們代表你，我們不再需要知道任何事了。我們會從我們自己調查資料中知道事實。你要查出你女兒這一向在做些什麼事，是嗎？」

「是的。」

「你一點也不知道？」

「我想她在——」

「我們不要不肯定的，」我阻斷他的話：「我們只知道你來要我們找出她最近在做的什麼。我們用我們自己的方法來調查。」

「我明白了。」他說。他臉上有大為欣慰，困難有希望克服的表情。

白莎機敏地說：「這要破費你一百元錢一天，另加開支，但是不能保證有結果。」

「另外還有訂金五百元。」我快快地說：「要先付。」

「我說過，」他說：「錢絕對不成問題。」

白莎說：「假如我們找出來——」

「我想你的夥伴很瞭解目前情況，柯太太。」陶克棟很快阻止她說下去。他轉向我說：「我向你道歉，我曾一度懷疑你的才幹。賴先生，你實在有一個很快，很機警的頭腦。」

他拿出一只皮夾，從裡面掏出一大疊一百元一張的鈔票。「這裡，」他說：「先付你們五百元訂金，加三百做開支，另外付你們七天調查工作的錢。工作完畢時，你們可以經科州，丹佛市公司的地址轉我一封電報或是來封信。記住電報或信都要註明『親啟』字樣。」

「我來請會計開張收據給你。」白莎說。

「老天，不要！」陶叫著說。又轉臉向我：「賴先生，我想你知道這情況。」

他把手快速草率地一伸，表示看過了錶，說道：「呀！我不知道耽擱了那麼久，我還有急事，已過時了。我一定要走了。再見。」

他實際上是逃出了我們辦公室。

白莎轉向我說：「既然你認為你聰明，你該知道這是怎麼回事吧。」

「我想我是知道的。」我說。

「別忘了，我是你合夥人。」她提醒我。

「我認為我們的朋友，陶克棟先生，有麻煩了。」我說：「他希望我們能救他出來。」

「他？你說他有麻煩了？」白莎問。

「是的。」

「他說是他女兒。」

「我聽到他說什麼了。」

「你不認為這是他女兒？」她懷疑地問。

「我們這樣說，」我說：「我認為她不是他的女兒。」

「那麼她是什麼人呢？」

「他的情人。」

「但是她是董宣乃的情婦。」

「是如此說的。」

「那董宣乃又是什麼人呢？」白莎問。

「董宣乃可能就是我們的客戶，」我說：「也就是陶克棟。」

白莎像觸電一樣跳了一下：「這種案子我們不要。」

「哪一種？」

「你暗示的那一種。」

「我對案子什麼也沒有暗示。」我說：「只是對客戶而已。」

白莎搖她的頭。

我對愛茜說：「把這些錢拿出去交給會計。叫他開戶，存款人是丹佛的陶克棟。」

白莎貪婪的小眼，集中焦點在這堆錢上。

「他奶奶的，」她說。

她把自己自椅子上撐起。「這是你的孩子，」她宣佈：「該由你來換尿片。」

她走出我的辦公室。

# 第二章　車禍受害者

汽車車禍傷人事件，這年頭一角錢一打，很少值得單獨一項在報上報導的。都是收集了幾件，在同一方塊裡提一提而已。

杜一喬因車禍死在十字路口，根本不值得獨闢一方當新聞來報導。杜一喬在清晨三時駕車返家，車子「失去控制」，撞上了電線杆。一喬當場死亡。同車二十三歲，家住華西路七九一八號的女友名叫花珍妮。

一輛客貨兩用車穿過高速公路中間安全島，在來車道上煞車失靈，和一車對面相撞，死了兩人，兩個小孩拋出車外竟能倖免。另一報紙重寫該消息，弄了個大標題，內容也不過三行而已。

我想像中真正有關的車禍，躲在五天前的報紙裡。一位奚哈維太太在行人穿越道上，被車子撞倒，車子逃跑了。

警方說奚太太身穿的襯衣，被撕掉一塊，另外尚有一些他們不願透露的消息，所以他們認為捉住逃犯只是時日的問題。已沒有困難。

奚哈維太太，四十八歲，住在門人街二三六七號之一，她的外傷被稱是嚴重外傷。

新聞接下去的另一則撞人逃逸，經警方追捕發現是偷車肇禍的案件，偷車者脫逃時曾將車開到一百哩的速度。

待警方終於將車子截下時，偷車者鎮靜又微笑地站出車來，自稱未成年，警察竟對他無法可施。

其他的車禍如，撞車、輕傷、翻車等等，都不值刊登，每月或每年公佈一次統計數字而已。

這就是大都市生活的小插曲。

我找個書攤，買了一大堆雜誌，夾在腋下，用公司的老爺汽車開車去門人街。

我把車停在我要去的地方兩條街之外。我在附近找了三家人家敲門，問出來應門的主婦，要不要訂幾份雜誌。

三家人家對我的接待都是極不歡迎的。

做好了必要的基本工作，我步向目的物二三六七號。這是一塊早期建築旺季漏掉未改建的狹長土地。前面的房子，二三六七號，是個大而老式的傢伙。想像中公共設施浪費了太多的地方。一條寬闊的水泥路導向後側，另有一個獨院小屋，這是二三六七號之一。

我爬了兩級階梯走上一個迷你門廊，開始敲門。

一個女人的聲音向外喊道：「什麼人呀？」

「想送一點東西給你們。」我說。

「進來。」聲音有點弱：「你只好自己開門進來囉。」

我開門，走進去。

一位高顴骨的瘦個女人坐在輪椅裡。右膝、右肘都有繃帶包著，一條毛毯圍著左腿及腰部以下，右腿則自毛毯下伸出。

「哈囉，」她說。

「哈囉。」我對她說：「你看起來好像出了意外？」

「撞人脫逃。」

「太可惡了。」我告訴她。一面把雜誌在她前面攤開。

「小夥子，你要做什麼？我說進來，因為我在等另外一個人。」

「什麼人？」

「就是另外一個人。」

「我推銷雜誌。」我說：「長期訂閱。」

「我沒有興趣。」

我說：「照我看來，你應該有興趣的。你看你目前受傷，無事可做。」

「我有收音機呀。」

「一樣的廣告詞，老掉牙的笑話，還有熱門音樂。」

「也是真的，沒辦法啊。」

「訂幾份好雜誌，有的時候有用。」

「你有什麼？」

我選了六份我才買來的雜誌給她。

「這六種可以說包羅萬象了。」我說：「很有教育性，有政治、運動、旅遊，是現代人吸收知識最好的讀物了。」

「再告訴我一點。」她拿起一本雜誌：「這一本裡面有些什麼內容？」

「這一本，」我說：「一般女士最愛看了。裡面有家務事，高蛋白、低脂肪食譜。家庭佈置，室內裝潢，等等。」

「不錯，」她說：「這都是這一期的。編者下一期有什麼計畫，下一期會登點什麼呢？」

「原則上都是同一類型的特色。」我說：「這是這家雜誌成名，也是討好讀者的地方。」

「會請什麼人執筆寫這方面的文章呢？」

「全國這方面文章的專家。」

「像是哪一位呢？」

「沒有發行前我們通常不可以把下一期作者公佈的。我可以告訴你，對現代主婦都是百看不厭的文章。」

「嗯。」她說：「這一本呢？」

「這一本，」我說：「專對住家說的。它包括——」

「下一期會用什麼做封面？」

「和這一期很像。」

「聖誕節的一期，當然已開始設計了吧，有些什麼？」

「主編正在收集有人性的故事。有興趣——」

「要請誰寫？」她問：「作家有名的應該已特約好了呀。」

「是，是很有名的。」

「你到底知道多少？」

「我知道得不少呀。」

「這一方面有名的作家都是些什麼人？說一、兩個名字聽聽。」

「只要看看我們雜誌這一期的目錄表，」我說：「我們就有了一個大概了。」

我開始翻雜誌。

「小夥子，」她說：「你是個冒牌貨！」

我停住，向上看她。

「有人告訴過我，」她說：「終於，我等著你，你來了。」

「是什麼人對你說過我？」

「朋友。他們說在我最想不到的時候，會有最不像保險公司的人來看我。談的是別的事，轉圈兒談到外傷的事，然後設法妥協。」

「我沒有興趣和你妥協。」我說：「我來這裡，為的是出售雜誌。」

「你應該有空白的表格，給我看看你的空白表格。」

「今天早上我沒有帶空白表格。我目前只是找到訂戶，另有人會送表格來填。」

「吹牛，」她說：「你說，多少錢？」

「什麼東西多少錢？」

的人。」

「妥協呀。」

我說：「真的，我不代表什麼保險公司。我也不代表任何對妥協有興趣的人。」

「好了，」她說：「我們不討論你代表什麼人。只問多少錢？」

我說：「我告訴你。我有一個朋友，他專門看有希望的受傷人。他用現鈔付給受傷的人，得到由他代為控訴的委訴書。然後他去辦妥協或是提出控訴。收回的當然也比付出的多得多。三百六十一行，是不是？也沒有什麼。人總是要賺錢過活。」

「這個人是誰？」她問。

「我不方便給你名字，假如你有意接受現鈔賣掉權利，我可以從中給你們介紹。」

「你說他會付我現鈔，之後由他去打官司。不論打出多少錢來，都是他的，沒我的份？」

「是的。不過也不是那麼簡單。你要簽字的文件會說到，你願意將所有因為法律程序得來的錢，歸他名下，因為他要代你出錢請律師，花費錢財於打官司上。而且你要無條件同意他決定的任何妥協，請他全權代表你。只要因這件事得到的任何結果，皆由他來承受。換句話說，這張合同是做得很徹底的，一切權利都賣掉了。」

「多少錢呢？」

「這不一定。要看你傷得有多嚴重。」

「我全身都是傷。」

「有骨頭斷裂嗎？」

她說：「我自己知道我腿骨一定是斷了，但是醫生說我沒有斷。X光也說我沒有斷，可是我感覺出它斷了。

「給我一千元叫我再來一次，我也不會幹。我現在不會動。我全身痛。」

我說：「我的朋友有時利潤很高。有時他買下權利後才發現打官司準輸，他就把它完全放棄。在那種情況，他會要你簽一張放棄告訴權利的證明。」

「已經給我的錢，不會要求退回吧？」

「不會。」

「那可以。」

「將這件事的發生狀況告訴我。」

「小夥子，你別騙我。你是從保險公司來的，沒有錯。你的目的就是要我放棄告訴，但是你搬出一個朋友來，希望能便宜一點解決。你對當時發生意外的情況，知道得和我一樣清楚，甚至比我還清楚。」

我笑向她說：「奚太太，你真是又精明，又多疑。」

「不能怪我呀。」

「不怪你。」我說：「事實上可能沒什麼差別。相信你早就有了一個腹案，萬一要和解的話，至少要多少錢。不過聽我的話，你可以早一點拿到現鈔，離開這個侷促的地方，去療養院或是醫院休息，會舒服得多。」

「我目前急著要的是，有遙控的電視機。」

「這很容易安排，只要你的總數要求不太高。」

「你還是堅持你來這裡的目的，是為了願意買控訴權的朋友。」

「沒錯，本來就是為此而來，反正你會知道的。」

「一萬五千元。」

我笑著搖搖頭，說道：「你連這件事怎樣發生的都還沒有告訴我呢。」

「是撞人脫逃。」她說：「我在十字路口，完全依規定位置行走。這輛車從街角一溜煙拐進街來。是一個年輕女郎在駕車，我沒機會仔細看一看。」

「是輛什麼車知道嗎？」

「不知道。」

我說：「那樣的話，我的人想去找那車子就有困難了。」

「可能很容易。」

「為什麼？」

「警察告訴我，今日最難逃避的刑案是撞人脫逃。他們有太多的科學求證法，幾乎在二十四小時內，他們可以找到車主。」

「車禍發生到現在多久啦？」

「五六天，差不多一星期了。我沒有仔細想。我來算一下，那事發生在

——」

「反正不止二十四小時了。」

「是的，不止了。已經五天了，今天是第六天。」

「警察找到車主了嗎？」我說：「時間過得越久，越不易再找到犯人，你的案子也就越不值錢。」

她眼睛是精明的：「把那壁櫥打開來，小夥子。把那件衣服拿出來。」

我打開壁櫥，把最順手的一件拿給她。

她把衣服攤開，指給我看有一小塊布被撕掉的地方，她說：「車子撞我的時候，這衣服被撕掉一塊。警察說，在撞凹的保險桿裡，應該還卡著有這塊布的纖維。他們會找到它的。」

我看看那衣服的布料、花紋、色澤，都和陶克棟給我看的布相像。

我說：「這當然有可能。但是找到車主後，很可能駕車的先生或小姐本身一毛錢也沒有，也沒有保險。」

「瞎說，」她說：「那是一部高級車——走得像火箭。而且我知道那女人一定有保險，因為你不是來了嗎。你是代表保險公司的。」

我搖指頭。

「好，」她說：「我就給你們一個大優待，一個不接受就再沒有機會的機會。假如你現在——就是這一刻——給我一萬元，我就給你簽任何證明。」

「拿了錢你做什麼呢？」

「你們還要我做什麼？」

我說：「我的朋友也許會和他們辦庭外和解。內容沒有一個外人會知道。如此他就希望警方對查案不要太認真。」

「我就出走。」她說：「我就不容易被人找到。我會想辦法使警方不知道我到哪裡去了。所以一萬元一定要現鈔，而且二十四小時內要到手。」

我搖搖頭說：「這不太可能。二十四小時，我可能找我朋友都有困難，再說他對這件案子有沒有興趣我還不知道。我只知道有時他做點這種生意，部分已收回成本了。有的一元本錢收了十元利潤，有的連本錢也壓死在裡面了。」

「他要是投資我這件案子的話，他不會壓本錢太久的。」她說：「查到那輛好車子，應該是早晚的事。據我看早該有結果了。只要查到車子，你的朋友立即就發了。」

「我又不是小孩。我知道這種交易和撞了人，停車，把人送醫，完全不同。這件案子是有人撞了我，把我撞倒在地上，快速地逃掉，把我拋在地上不管。這本身是個刑事案件。你只要找到她，她多少錢都肯付……我現在想來你是代表她的，我應該說五萬元才對。」

我大笑說：「可以呀，你就說是五萬元好了，我起身就走，你再也看不到我，除非你要訂幾份雜誌，那也是另外一個部門的人送空白單給你填，不是我。」

「好吧，」她說：「我正巧需要些錢用。我就信你一次。二十個小時內，一萬元。我會堅守我的信用，簽任何文件都可以。事後絕對不使警察找到我。我就饒了這女人。」

我搖搖頭說：「這樣行不通。」

「為什麼？」

「法律上叫做共同圖謀，『接受金錢私了刑案』。」我說。

「假如我什麼也不開口呢？」

「那，」我說：「就完全合法了。只是在這方面我們尚欠瞭解。」

她向我笑笑——聰明、諒解的笑容。她看看手錶說：「年輕的小夥子，假如你真有意的話，應該開始工作了。」

「你不中意這些雜誌？」我問。

她向我笑笑。

我說：「我會試著和我朋友聯絡，他有興趣的話，我會通知你的。」

我小心地把紗門關上，走下階梯，走向兩條街外我停車的地方。我開車到六條街之外，找了一個電話亭，打電話給卜愛茜說：「給我送一個電報給陶克棟，電文我唸給你聽，你記下來：一萬元即付值不值，問號。二十四小時內須結清，句點。」

「簽什麼人發報？」她問。

「你不要簽字，」我說：「也不要用我們公司簽帳，你自己去電信局付現鈔。發報人和地址隨便扯個假的。」

# 第三章　美金一萬元

兩小時內我得到了回音。從科羅拉多州，丹佛市來的電文如下：

「可結清。往公園公寓六〇九訪董麗施。不可見報。」

我在收到電文三十分鐘後就到了公園公寓，按六〇九號公寓的門鈴。

董麗施真是美如西施。

我一點也看不出她和她爸爸有相似之處。她是甜蜜、迷人的金髮女郎，加一雙大而嬰兒狀的碧眼，奶油和桃子混合的膚色，擁有貴族化模特兒的一切標準。

「我是賴唐諾。」我告訴她。

她說：「我正在等你。你要一萬元，是嗎？」

「是的。」

她說：「請坐，要什麼——白蘭地還是威士忌？」

「目前不要，我在替人工作。」

「噢，你還是很有節制的。『我在工作』。不過我自己要點威士忌加蘇打。」

「那也給我來杯一樣的好了。」我告訴她。

她走向吧台去。

這是一個非常好的公寓，佈置得十分現代化，充滿了豪華的氣氛。

她取了兩隻水晶酒杯，倒進蘇格蘭威士忌、冰塊，加入蘇打水，拿過來。

「我告訴你什麼。」她說。

「什麼？」我問。

「我想，」她說：「你會想我是一個邪惡的女人？」

「你是不是呢？」我問。

「我也不知道。」她說：「我想我老爸對你說了一大堆。」

酒。

「想套我口供？」我問。

「不是。」她說：「我把我自己當人看，我希望你也用這種態度看我。」

我把她從頭到腳看一下，說道：「從各方面來看，我承認你是個女人。」

她大笑向我說：「我看你很會耍嘴皮子。」

她把酒杯舉起，從杯子上面看向我。我向她淺淺一鞠躬。我們品了一下酒。

我看得出，她在觀察我。

「我老爸說你是很高級的偵探。」

「他初見我的時候可沒這樣表示過。」

「他很失望，他認為你應該大一號。」

「真抱歉，未能配合到他。」

「我看起來你滿不錯的。」她說：「我認為你很能幹──絕對錯不了。」

她的眼睛又和我的眼睛在各人的酒杯上相遇，她笑了。

突然，她的眼光一變：「唐諾，什麼變化？」

我說：「奚哈維太太六天前被車子撞到，開車的逃之夭夭。她是在行人穿越線上被撞到的。除了知道車子是被一位年輕女郎駕駛外，她什麼都不知道。」

「說下去。」她說。

「我問她傷勢，又問她怎樣妥協法。」

「唐諾，能這樣解決這件事嗎？公訴罪不能私了的呀！」

我不回答她這個問題，但是說：「我告訴她我有個朋友，出錢收買這一類像她的訴訟案件。有的時候他可以找到犯罪的人，除了開支，利潤不少。有時他買下了權利，但是找不到負責這件事的人，只能作罷。當然他就虧了本。」

她仔細想了一下。她用眼睛看著我，好像又發現了新的值得尊敬的一面。

「由我來收買。」

我聳聳肩，說道：「假如你認為值得收購，賣方已經沒問題。有可能我們將來找不到開車的人，虧本的反正是你。」

「假如我們找到了呢？」

「我們有奚太太全權的代理書。」

「這一份全權代理的文件，會不會被認為是……犯法的？」.

「這文件是對我的。」我說：「任何事發生，我在中間。」

「有人問東問西會不會太冒險一點？」

「很多人時常問我各種問題。有時候我不一定要全部回答。」

「警察要問的話，你一定要回答呀。」

「有規定客戶的名字是可以不說出來的。」

「唐諾，我認為你真的能幹。」

「謝謝。」

「你要知道這一切對我有多重要？」

「老天，不要！」我告訴她。

一下子她臉紅了。於是她笑著說：「我想我懂了。不知者不罪。」

「我只要不知，你就不會有罪。」我說。

「我知道你不想使我受傷害，是嗎，唐諾？」

「你是客戶。」我說。

她說：「你坐著別動。」

她走向後面的臥室。我甚至聽到一點點沙啞的耳語。

她出來的時候帶了一百張一百元的現鈔，新的。

她在我腿上把鈔票數給我，手指有意無意刮著我腿。

「唐諾，一百張──一百張一百元的。一共一萬元。告訴我，唐諾，萬一警方找到了撞那女人的車子，怎麼辦。」

「他們會請那女人提出控告。」

「假如她控告呢？」

「假如她控告，又假如警方證據確實的話，是可能定罪的。但是如果她不肯控告，警方就有困難。」

「目前，他們尚無證據，是嗎？」

「他們有一件衣服，上面撕掉了一塊布。他們可能有車燈的破玻璃。通常都是這一類東西。」

「這年頭做人，有的時候需要冒點險，是嗎？」

「大概吧。」我說。

我把空酒杯放下，站起來準備走路。

她思索著看我。「唐諾，」她說：「我認為你真好——真是好。」

我向她笑笑說：「假如我不同意，要和你爭辯，就得花太多時間了。再見，麗施。」

「再見，唐諾。」

# 第四章　簽定合約

我又把車停在兩條街外，走路到大房子後面奚太太住的小屋前面，敲門。

「進來。」她有氣無力地應道。

我打開門走進去。

奚太太正自床上坐起，眼睛上兩個大黑圈。

「昨晚上沒有睡好。」她說。

「沒有人陪你嗎？」

「請不起呀。我希望能去我女兒的地方，只是她沒辦法來這裡，我也沒有錢去。」

「她住哪裡？」

「丹佛。」

「你不舒服？」

「我想什麼神經傷到了。」她說：「也許是神經梢，不管什麼東西，只是不停的痛，痛，老是痛。你有過牙痛嗎？」

「是的。」

「那就像一千隻牙在你腿上猛咬一樣。每次深呼吸都會痛。」

「醫生沒有找到骨折？」

「沒有，他們說沒有。但是真不知道醫生可靠不可靠。」

「你總要相信一兩個人。」

「是的，應該有點信心。」

「醫生沒有給你一點使你能睡覺的藥嗎？」

她說：「我有點安眠藥，不管用。」

我說：「我和我那願意先付妥協的朋友聯絡過了。他願意先投資，冒點險，看以後能不能收回來。」

她看看我，用思慮的眼神說道：「我仔細想過你的建議。我要一萬兩千五百元才行。」

我搖搖頭。

「我，就要那麼多。」

我把一百元一張的鈔票拿出來，把它鋪陳在桌子上。「我準備給你這麼多。」我說：「一萬元。交換的是有關這件案子，我們隨時要你簽什麼文件，你要無條件立即簽。我們叫你簽控訴就簽控訴。而且今後不論庭內、庭外得到的錢，全是我們的。當然，你已純得一萬元。一切開支都是我們的。」

「不行。」她說：「自你離開後，我痛得厲害。我想病況有變化。這樣好了，一萬一千元。」

「不行，只有一萬元。」我說：「多一元也不行。」

她把頭猛搖：「你去告訴你朋友，叫他跳湖好了，一萬元我不幹。」

「那也好。」我把鈔票收集起來。

她坐在那裡看我。

她臉色蒼白。

我把錢疊成一堆，用一條橡皮帶一綑，放進口袋，說道：「我抱歉，奚太太。」

「你替什麼人在工作？」她問。

「我告訴你，」我說：「他是個神奇人物。對這一類案子他是個大賭客。有時一下中的，有時也不見得。」

「痛得很厲害，我需要有人照顧我。」

「我很抱歉。」

「我們不要一下談死好不好，你給我一千元訂金，之後我們平分所得，或是差不多如此。我目前只要錢去看我女兒。」

我搖搖頭。「我自己也只是個跑腿的。」我說：「我這樣跑來跑去只是想幫你一個忙。」

「你靠什麼維生的？」她說。

「我推銷雜誌。」

「嘿，騙人。」她開始笑，嘎嘎的笑。

「我們看樣子談不攏的。」我開始向門口走去。

她等我把門關了一半，說：「等一下。」

聲音有如鞭子一抽。

我繼續把門關上。

我聽到她自床上起來。

她來到門口，一副哀憐樣，打開門，一隻手扶在門裡的門把上，另一隻手扶在門框上。

「幫幫忙，」她說：「我要昏過去了。我從床上自己起來。」

我轉身止步。

在我跨回門口時，她正好倒下來。

「幫我一下，我太虛了。」她說。

我慢慢把她扶到床邊。

她又呻吟又歎息。「喔！我不該起床的。醫生叫我不要起來。喔——我的腿。」

我把她扶回床上。

「好一點了嗎？」我問。

她用蒼白、病態、不穩定的手指，指向一只白色圓型的藥片匣子。「給我兩粒這種藥，還要點水。快！」

我把匣子打開，倒了點水，說：「自己拿藥片。」

她拿了兩片藥片，用水吞服了，向後一靠。「不要離開，不要離開我。」她說。

我拉過一把椅子，在床頭坐下。

她躺在那裡，把眼睛閉上休息了兩分鐘。

「好一點了嗎？」我問。

她不健康地笑一下。

「那麼，」我說：「我要走了。」

「不要走。」

她打開眼睛勉力地說：「你是個好孩子。可能你這樣做真的是在幫我忙，我很感激。我需要筆錢——喔！我真的需要錢。我需要有人關心。我需要有可愛的朋友一起玩。我要到丹佛去看我女兒——我接受。」

「接受什麼？」

「那一萬元。」

我說：「你最好等你身體好一點再說。」

「不，不，我要離開。我現在就要離開。我要用救護車送我去機場。他們會想辦法把我當病人登機，我就可以去丹佛了。」

我說：「你還必須要簽一張授權書。」

「當然，」她說：「我也不希望白得別人一萬元錢。我想你已經把要簽的文件準備好了。」

「我是準備好了文件。」我說：「我先把內容告訴你。這文件說：收了一萬元現鈔，你買斷、轉移、交付並指定國家儲備銀行做你的信託人，所有過去一年內，你可以告訴他人的有關傷害的權利。尤指過去一年內如果有他人因汽車，或車禍引起你身體上傷害。總之你再也無權告別人民事侵害。」

「什麼是民事侵害？」

「不算刑事，」我說：「但是以暴力、精神壓力或是侵犯等方式損害了他人的權益。」

「你給我一萬元，再給我一支筆，」她說：「我就來簽。幫我坐起來，唐諾。」

我把文件給她，她拿起筆就要簽。

「先唸一遍，再簽。」

「我精神不好，目前唸也唸不完。」

「那不行。」我講：「我把文件放這裡，你身體好一點的時候唸它一下，我晚上來拿。」

「不要，不要。」她說：「真要唸，勉強還是可以的。今天晚上，我要在丹佛，看我女兒。」

她很費力地唸文件。用手一行一行指著唸，用嘴唇一個字、一個字做出樣子，沒唸出聲來。

當她唸完了，她說：「把一萬元給我。」

我交給她一萬元，她小心地數著，然後簽了名。

「好了！」她說：「年輕人，幫我把電話拿到床邊來，我要訂飛機票，叫救護車，我要去女兒家享幾天福去。」

「你想你支持得了嗎？去丹佛也不近呀。」

「我至少要試試。飛機上坐位很軟。我想空中小姐會安排我把幾個空位連起來給我睡下來的。我自己會安排的，你別擔心。我相信所有人對體弱又受傷的人都會照顧的……你把電話弄過來就可以了。」

「你要我給你打電話接洽救護車嗎？」

「不必，這些止痛藥等一下發生作用後，我自己來打電話。我對止痛藥有經驗，服用兩粒，一小時後，可以不痛三、四個小時。醫生不准我多吃，他說會上癮的。老天，你相信我，今天我會一路吃到丹佛去的。」

我把電話拿到床邊，我說：「還有任何我可以幫忙的嗎？」

「沒有了。」

我走兩條街到我公司車暫停的地方，拿出一個我常備，貼有郵票，寫好我自己辦公室地址，寄給自己的信封，把簽好字的文件放入，封口，拋進就近郵筒。

我發封電報給丹佛的客戶：

「安全帶已扣緊。唐諾。」

# 第五章　紅色警戒

第二天早上，我走進辦公室時，危險信號遍佈全室。接待小姐以掌心向我打招呼。進門桌上有兩只鐵絲文件盤，專放來信，一只標著柯氏，一只標著賴唐諾。我的盤子裡有不少信，上面壓著一個紅書鎮。這是我和卜愛茜定好的信號，表示嚴重外來危險。

這些信號使我有機會做點心理準備。上一次紅書鎮出現的時候是一個大個子莽小子，他告訴我，假如不自動放棄正在進行中的案子的話，他要打扁我。

我準備面對困難，打開我私人辦公室走進去。

宓善樓警官和卜愛茜坐在裡面。善樓正在火冒三丈。

宓善樓是個大塊頭、強壯、善戰的標準警察，他自己不太開口，也不信任開口太多的人。

善樓很信任體能的活動。他自己好動不倦，活力充沛，沒有事做時經常把手握拳又張開。大部分時間，放了半支濕兮兮，又沒有點著火的雪茄，在嘴裡咬著。

今天，他又握拳鬆手，又猛咬雪茄。

「哈囉，小不點。」他說，聲音中含有惡兆。

「哈囉，警官。」

「你有麻煩了！」

「我？」

「你。」

「怎麼會？」

「少給我裝純潔無辜的樣子，我不吃這一套。」

「我沒有說我純潔呀。我也沒有自稱無辜，你總先應該告訴我做錯什麼事了吧。」

「你以為你耍了一招聰明的。」

我不吭氣。

「我說的是撞人逃逸。」他說。

我把眉毛向上一抬。

「有個老太婆叫做奚哈維太太的，住在門人街二三六七號後面的小房子裡，認識嗎？」

「我又對她做了什麼了？」

「這是我要你告訴我的第一件事。」善樓說：「至少我知道你在搞什麼鬼。你知道我們在查一件撞人脫逃案子。你在替那個撞了人逃走的人做事。你帶了不少現鈔去那裡，付了錢給那女人，教唆她溜掉了。

「老實告訴你，你也不必假裝不懂，你自己的確唸過法學院。這是接受金錢私了刑案，我們不喜歡私了刑案。」

我在愛茜的辦公桌上坐下。她用擔心的目光看著我。

「有拘票嗎？」

「不必玩小聰明。」他說：「要不然我帶你進去，先關你起來再說別的。我已經有的至少可以說你有這個嫌疑。但是我給你一個自己辯白的機會。」

「你想要什麼？」

「要你客戶的姓名。」

我搖搖頭：「這違反職業隱私權。大家都這樣，還有人敢找律師、找私家偵探嗎？」

「假如你不告訴我你客戶的名字，你違反州法。」

我問：「到底是什麼人告訴你，我去找她了？」

「這個不用你管。」他說：「我們從不公佈消息來源。」

「你為什麼不去追查這女人，雞太太還是鴫太太的，你們不是很能幹的嗎？」

「因為，你這傢伙安排到她不容易被追查到。」善樓說。

「我安排的？」

「你他媽知道自己幹了什麼好事！你叫了部救護車到她住的地方，你把她裝進救護車，還到機場。她上機的時候吃飽了鎮靜劑、止痛劑，但是一到丹佛，她就不見了，再也找不到了。」

「不對，警官。」我說：「在丹佛機場，她沒有救護車，沒有輪椅，下得了機嗎？那是不──」

「當然，是有輪椅，」善樓說：「有人用輪椅接了她，上了私家車走了，就消失了。」

「在她離開洛杉磯之前，她的行為說明了一切。她給她一個朋友看她有一大堆一百元的鈔票。她用百元鈔付的房租，甚至用百元鈔付的救護車。」

「她的行李呢？」

「有屁的行李，」善樓說：「手皮包一只，其他什麼也沒。」

「留在屋裡的呢？」

「沒有，有人來清理拿走了。你不要問三問四，假裝清白。我告訴你，不過讓你知道我們都查清楚了。」

「為什麼吃定是我做的呢？」

「因為你把車停在兩條街之外，假裝著兜賣雜誌。

「有一個女人看到你停車，抱一些雜誌下來，向她胡說八道。她看你怎麼也不像一個沿門推銷雜誌的。你的心也不在這工作上。所以她認為你是做壞事，來踩道的。她記下你的車號，報了警，要我們問雜誌社有沒有你這號人物。這種電話當然每天多似牛毛。不過不要以為我們不一一查對。

「後來我們又去訪問奚太太，發現她被別人有計劃、聰明地安排失蹤。我們在警用頻道追蹤奚太太的事，當然就有人知道你在那一帶活動過。

「他們早就對你查清楚了，你拿些雜誌下車，一共只跑了兩、三家人家，而後直接無誤地找到了在房子後面的小房子去找奚太太。

「兜售雜誌，是你的進門藉口。進門後你兜售的是別的東西，但是成績不錯。

「所以現在我要給你明講。這件事我不處分白莎，因為白莎從來不敢和我們搗蛋。但是，每一次你這小子有案子到手時，你喜歡走斜路，這次我會吊銷你執照。」

善樓站起身來。「仔細想一想。」他說：「把你客戶姓名給我們，讓我們破了這一件撞人脫逃事件。或者你失業。」

「假如我把客戶的名字告訴你呢？」

「私了刑案是刑事案件，我不能包庇你。你還是有罪的。我也不能不報。但是，你小子要是收斂一點，答允今後什麼都合作。你也許可以得到地方檢察官的原諒。」

「謝謝你。」我說。

「小不點，你聽我說，你是個能幹的人，你像所有能幹有腦子的混帳一樣能幹，只是你這該死的太能幹了。

「我們最恨撞了人溜掉，我們現在就是在追這樣一個人，我們已經有點線索在向正確方向前進。你不幫我們，也許還是會破案，這對你一點好處沒有。現在，你告訴我你客戶的名字，否則我要吊銷你執照。」

「你給我多少時間考慮？」我問。

「看在過去的交情，就給你四十八小時。」善樓生氣地說。把濕雪茄自這一側嘴角移到那一側嘴角：「也曾有過不少次，你把我推進火坑烤了好幾天，最後還是你救我出來。但是，在宣傳和公共形象方面，你都讓我在前面，不要以為我不懂得感激你。」

「但是，有件事你要弄清楚。」善樓伸出他的手抓住了我的領帶，把我拖向他身前：「好好給我弄清楚，你這個小混蛋。我是個警察！我代表法律！我執行法律，我重視法律，我不准有人走法律彎路！假如你不知道，我指的是你——賴唐諾！」

善樓把我推還座椅，抓住領帶的手一放，大步走出辦公室。

卜愛茜看向我，眼淚在眶中說：「是不是你幹的，唐諾？」

「是的。」

「你要不要把你客戶的名字告訴他？」

「不要。」

「那你怎麼辦？」

「我不知道。」

「唐諾，還是告訴他吧。」

「這件事白莎知道嗎？」

「我不知道，善樓直接闖到這裡來的。」

「好，」我說：「我今天一天要在外面，愛茜。任何人找我，你都不知道我去哪裡了。」我告訴她，又向她微笑道：「你就這樣掩飾到下個禮拜。」

「唐諾，你千萬要小心呀。」

「現在小心也晚了。」我告訴她：「不要忘了到對面藥房買一箱鎮靜劑，送給白莎。」

# 第六章　公共秘書

很幸運，一到機場正好有直達丹佛的噴射班機。

空中小姐可能認為我是她見過最憂心的旅客了。她們用各種方式使乘客高興，但是我只坐在那裡想把一塊塊的謎題湊在一起。

飛機滑過加州產橘的地區，上升爭取高度。飛過沙漠，飛過科羅拉多河造成的一連串湖泊，來到洛杉磯山區。

景緻美麗到極點，但我坐著蹙眉沉思，還是拼湊不出一幅圖畫來。

我到達丹佛，走進電話亭，在電話簿中找陶氏債券貼現抵押公司。

沒有這家公司的名字。

我找查號台，要這家公司的電話，沒有登記。

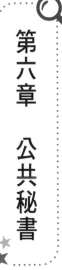

我拿出陶克棟給我印著凸出字體的卡片，上面有個辦公室電話號碼。

一個受過訓練的女性聲音接聽電話，只是簡單地重述了一下電話號碼。

我說：「這是不是陶氏債券貼現抵押公司的電話？」

「是的，沒錯。」她說。

「我要和副總經理陶克棟先生說話。」

「請等一等。」她說。

靜寂了一段時間；又是那小姐聲音有效率地回答說：「對不起，他目前不在這裡。我能給你留個話嗎？」

「他什麼時候會回來？」

「我沒有辦法回答這個問題。能請問你尊姓嗎？」

「只是他的一個老朋友。」我說：「只是說聲好，不要麻煩你了。」在她問其他問題前，我把電話掛了。

我叫了輛計程車，給他卡片上的地址。

卡片上的辦公大樓在那裡，沒有錯。卡片上的第幾樓，也在那裡沒有錯。即使卡片上說副總經理辦公室的房間號碼也在那裡，但是房間上漆著的是「米海倫，公共秘書」。下面括弧裡寫著「代客接電話，轉信」。右面牆上有一塊特約客戶名牌。大部分是礦業公司，他們不需自設辦公室養職員，只用這裡收收信件，做個聯絡站。另外有兩、三個單人公司租用這裡接客戶電話。陶氏債券貼現抵押公司的名字不在上面。

我走進去。

辦公室一共兩間，外間是接待室，內間門上印著「私人」兩字。可能是隨便哪位客戶，臨時需要一個會談的地方時，可以利用。

坐在接待桌旁的女人，面前有一台電動打字機，她的一生，不知在打字機上打出了多少個字。一雙年華消逝的眼睛，配了一位對自己外觀極為重視的女性，年齡看不出來，應該是五十五至六十五之間，一看就知道是高效率的。

我只向她一看，就幾乎可以像算命的一樣，知道她一生遭遇十之七八。她多半出身於數十萬速記員之一，工作努力，經驗累積升任主管的秘書，結婚，辭去工作。過一段時間成了寡婦，要回去工作，但是發現速記不夠速度了，人也有點老了。也許有人因為情面又用了她一段時間，但是因為年齡關係被認為不宜做秘書，而送進了祕書墳場。米海倫也許是有勇氣、有毅力的，租了兩間辦公室，自己做起公共的秘書來。這一行在請不起，或不必請秘書的單人公司來說，太有用了。可以印一張像樣的名片，把公司地址印在大城市商業區大樓裡，而且有人接電話。寄來的信件也可以自己去拿，甚至可以交代轉到別的城市去。我自己就為了要薰一個證人出來，租用過這種公共秘書一次。那次還賣了些絲襪給白莎呢。（詳見第六集《變！失蹤的女人》）

「請問你是米小姐？」我問。

「是的。」她說。

「我瞭解你代客回答電話、通信和出租臨時辦公室。」

「沒有錯。」

「我想請你說清楚一點。我準備在丹佛組織一個小公司，一開始可能先要用你這裡通信。不知道租金怎麼算？」

「那要看公司的性質、工作的多少和電話的次數而決定，先生。」

我說：「暫時我想一天不會超過一通電話，一個月不會多過三十封信，不過我要經常使用你裡面的辦公室。」

她說：「裡面辦公室專供開會之用，只要事先沒人訂，誰都可先訂使用——你先生尊姓呀？」她問。

「賴，賴唐諾。」我告訴她。

「賴先生，您的生意是什麼性質的呢？」

「我是一個投資法律顧問。」我說：「我說過我要組織個小公司。」

「喔，是的。每個月四十五元租金，包括把公司名字掛在門口牌上，接電話，收信件，轉客人留話和合理的借用會議室。當然會議室半天計價，而且因為我另有其他客戶。會議室先訂為準備。」

「謝謝你。」我告訴她：「我研究一下，一、兩天之內會告訴你。」

「沒問題。」她說，又問道：「你從哪裡聽到我的？你怎麼會來找我我的？」

「一位你的客戶，」我說：「一個叫陶克棟的。」

她的眼光突然懷疑起來：「我就說你聲音很熟。你是剛才打電話來找陶先生的人？」

「沒錯，」我說：「我是他老朋友，我想要是他正好在，我請他把我介紹給你。」

「我的客戶都是很少把時間放在辦公室裡的。」她說：「所以我的工作主要還是接聽電話。」

「你知道哪裡我可以找到老陶？」我問。

「老陶？」

我抱歉地笑道：「陶克棟。」

「喔，不知道。陶先生一早來過。拿了幾封限時專送就走了。抱歉，我沒有他的地址。」

「沒關係。」我說：「下次再來時，請叫他一定和老朋友賴唐諾聯絡。」

「你會在哪裡，賴先生？」

我笑著說：「老陶會知道哪裡找得到我的。老陶是發動的人，他總是會想點新鮮玩意出來，他總是帶頭的。」

「這樣？」她說，語氣帶著這次談話已結束了。

「我會和你聯絡的。」我說著走出去。

商業信用調查會姓陶的不多，沒有叫陶克棟，也沒人聽到過陶氏債券貼現抵押公司這個名字。

市商會的姓名錄裡，姓陶的不少，但是沒有一個像我們客戶的年齡。

我跑了很多家租車公司，問有沒有一位姓陶的最近兩週內租過汽車，也沒有結果。

到辦公室來找過我的陶克棟，給我所有丹佛的背景都是假的，而且很巧妙地安排使我們不可能有線索追蹤。

宓善樓警官要吊銷我的執照，除非我在四十八小時內把客戶的姓名告訴他。

假如我把目前的事實告訴他，他會把我關起來認為我在說謊，而且編故事也編得沒有技巧。

我乘計程車回到丹佛機場，發現還要等兩個小時才有飛機去洛杉磯。

# 第七章　真話背後

我在丹佛機場找了一個單人使用的電話房間。打電話到洛城的公園公寓找董麗施。出我意外的是聽到她的聲音。

「是賴唐諾，麗施。」我說。

「是我，賴先生。」她的語調溫和熱情。

「我有麻煩了。」我說。

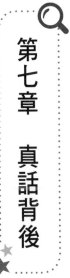

「人嘛，總有倒楣的時候。」

「我這個麻煩是因為你，和你父親引起的。」

「真的呀？」

「我現在人在丹佛。我想見你父親。我找不到他。我一定要見他。你知道在哪裡找得到他嗎？」

「不知道，有什麼困難？」

我說：「我不準備在電話上把詳細情形告訴你。但是不知什麼地方出了一個漏洞，有人在追查一筆付款。你要是今天晚上能來接我的班機，我們可以談一談。你父親對我不是十分坦白。要我代你們受過的話，我至少應該多知道一點內情。」

「你乘哪班飛機回來？」她問。

我把航空公司名稱和班機號碼給她，另外告訴她預計到達時間。

她說：「我不代表我父親說話，但我自己一定做個公正的人。有人為了我把脖子伸出來，我感激，也永遠記得他。我會到機場接你的。」

「這使我在感受上好多了。」我說。

「能告訴我什麼人給你麻煩嗎？」她問。

「因為發生了一點『官式』的問話。」我說。

「我不懂，」她說：「什麼是『官式』的問話——喔！懂了！好，唐諾，我會去接你的，再見。」

她的聲音溫暖，有友情，至少安慰了我不少。

我等到小姐用廣播通知才和大家一起登機，靠在椅背上儘量讓自己休息。

就目前我得到的資料，陶克棟的確是佈置了個圈套狠狠的耍了我一下。但是他那個被說成野性、獨立、頑強、不知感恩，不受禮教節制，甚而不道德的女兒，反倒是腳踏實地、規規矩矩做人的樣子。

這，我想就是人生，正合老話：「知人知面不知心」。我請空中小姐給了我一杯烈酒，精神更放鬆了一點，就不再去想。船到橋頭自然直，不是嗎？

我們準時到達洛杉磯，我試著走在下機人群的前面。

麗施在門口等著我。她自動自發地向我猛招手。

我正想向她揮手招呼，但是眼角一下看到人群中離她不遠站著的宓善樓。他穿著便衣，盡可能躲在人群裡。

我裝著完全不認識她，眼光掃一回，沒有在她臉上停留，希望她能警覺。

她把手放下，眼中有不解的表情。

我向前走，目光直視。

麗施推開人群向我走過來。

我極微地搖搖頭。

她沒有懂得我的信號。

「唐諾！」她說。一把握住我手肘：「你不認得我啦？」

我只好轉過身去。

她已叫出我名字，假裝認錯人是不可能了。一時也想不起任何補救方法。現在看來，我假裝不認識她的一切作為反而弄巧成拙了。善樓已全部看在眼裡了。

他猝然推開人群，像老鷹捉小雞似的到了我們前面。

「哈囉，小不點。」他說：「沒見過你這位女朋友呀。」

麗施看看他說：「今天我們有約，不要電燈泡。」

善樓把皮夾拿出來，向她一翻，給她看星形警章。

「你們有約，一點不錯。」他說：「只怕不是你和唐諾想像中的約會。」

「老天！」我向善樓說：「你連我私生活也要干涉呀？」

我把手提箱住地上一放，把雙臂向前張，及時給麗施暗示地一眨。

她向我一倒，嘴裡咕嚕著親愛的，嘴唇向上一翹。

我們不管警官不警官，就在他前面接起吻來，很長的一個吻。無論她爸爸怎麼批評她，這個女人還是值得男人為她拚命的。

善樓站在我們身旁，觀察我們。

我說：「善樓，我明天再和你談，但是今晚我沒空了，一點空也沒有了。」

善樓把沒點著的雪茄在嘴裡移動著。

人群的外圍，一個高個子、很帥的男人，快速地離開。

「嗨，你！」善樓叫道。

那人繼續走著。

「穿灰衣服的，」善樓提高聲音：「你給我回來！」

那人停步，自肩頭回望，滿臉不解之狀。

「你回來！」善樓說。

男人回來，臉上不高興地說：「你什麼意思對我發命令？」

善樓又給他看警章。「我可不是小孩。」

「我管你小孩，還是大人。」那人說：「別來管我，你憑什麼要干涉我？想做什麼？」

善樓說：「有人才想做什麼。像這樣漂亮的寶貝，到機場來接男朋友，怎麼會自己帶個燈泡來呢？小姐在等候的時候，你是和她在一起的，你在做什麼？」

「那沒什麼，我們只是聊了兩句。我認識董小姐，我們是朋友。」

「噢？你只是偶然在這班飛機的接客門口碰到她？」

「是的。」

「就算是的。」善樓說：「你到這裡來幹什麼？」

「也是來接個朋友。」

「那朋友呢？」

「好像沒有來。」

善樓笑笑說：「別扯了，那飛機上客人還沒全出來。你倒先要開溜了。給我看看你的駕照。你到底是什麼來路？」

那男人說：「我是艾科通，我是個律師。」

「真想不到，」善樓說：「看起來我對路子了。艾大律師，告訴我，你到機場來幹什麼？」

「我來做什麼，和你一點關係都沒有。」

「我要想辦法使他和我有關係。」善樓說。又轉頭向麗施問道：「你是怎麼來機場的？」

「我自己開車。」

「好，」善樓說：「我們先去看看你的車。」

「看我的車！」她說：「為什麼？我自己的車，你認為是偷來的？」

好奇的人把我們團成一圈，我知道這樣下去不是解決之道。

「好了，警官。」我說：「假如你認為有必要，我們就現在去看她的車子。」

「而且要認定是『她的』車子。」善樓說。

「你要不要我的停車場憑證？」她說著，把停車票給他。

「當然，我要。」善樓說：「走，我們一起走……你也去，艾先生。跟我們走。」

我們出機場，來到停車場。好奇的人群跟了我們一段路。人數愈跟愈少，最後我們進入停車場時，只剩下兩個人，一路跟在後面，堅持想看看警方逮住了什麼大案的罪犯。

善樓對這種場面總是十分自得的。

「小不點，下次假如有機密任務要出差，」他說：「最好少用柯賴二氏的信用卡去購機票。」

麗施說：「我勸你要麼把雪茄點起來，否則拋掉它。」

「不點也罷，」我告訴她：「臭得厲害。」

「那拋掉最好。」

善樓心情非常高興，高舉手指把雪茄屁股拿出嘴來，把它拋掉，口中言道：「只要小姐高興。」還意思地彎一下腰，咯咯地傻笑著。

善樓不須花太多時間就找到了麗施的車，看了車主登記證，也見到了右前擋泥板上的凹痕。

「怎麼回事？」他指著凹痕問。

「老天，我不知道，」她說：「大概在停車場停車時弄到的。」

善樓自口袋中拿出一個放大鏡，仔細看擋泥板。

「你要幹什麼呀？」她說。

善樓問：「你們兩位本來準備見面後到哪裡去親熱親熱？」

「去哪裡有關係嗎？」

「當然有很大關係。」善樓說：「我只是想幫你們一點忙。假如你們本來要去你們的公寓，我就跟你們一起去，在你們公寓請教幾個問題。假如你們有什麼不願意，我也可以換一個你們不喜歡的地方，來問問題。」

「我們本來要去我的公寓。」她說。

「好了，艾先生。」善樓帶笑地說：「你是來接朋友的，我們不耽誤你了。你請吧。」

「我想現在已經遲了，」艾律師說：「我的朋友多半也走掉了。我和你們一起進城好了。」

「我沒有請你和我們一起走。」

「我來請好了。」麗施說：「再說，假如你要問我任何問題，我希望我的律師在場。」

「他是你的律師？」善樓問。

「我現在聘請他。」她說。

善樓笑笑說：「好吧，一起走。」

去公園公寓路上，大家沒有開口。麗施正經地駕車，非常非常注意車速和交通規則。

宓善樓一路在仔細考慮。

麗施把車停好，我們乘電梯上了公寓。

善樓說：「你的駕照名字是陶麗施，但這裡公寓名字是董麗施，怎麼回事？」

「陶是我的本姓，」她說：「董麗施是我的藝名。」

「什麼工作用的藝名？」

「我學的是藝術。」

「這裡有你的畫嗎？」

她打開壁櫃自櫃中取出幾個帆布架子，上面綳著的畫像是用唧筒裝了膠質顏料，隨便噴出來的。

「這玩意兒有沒有表示什麼意思呀？」善樓問。

「抽象畫。」她說：「我畫的是情緒。」

「這一張畫的是什麼情緒？」

「挫折。」

「老天，沒有錯。」善樓說：「這是我唯一見過的一張亂塗的東西，而有一個合適的標題的。」

「不准你說我畫的東西是亂塗的！」她火冒地向他抗議：「老實說，我對你已經受夠了。」

「艾律師，告訴我，我一定要受他氣嗎？」

「當然不必！」律師說：「警官嘛，說起來應該是紳士。向證人請教問題的時候，不但要注意人權，而且要在他職權範圍之內。」

「沒錯，沒錯。」善樓說：「是我不對。我漏出了心裡想的，但是不該說出來的話。這幅畫很不錯，董小姐。現在，各位假如肯坐下來，舒服一點，我就來告訴你們屬於我們警官專用廠牌的挫折。」

「各位請坐，」麗施說：「不要客氣，警官。」

大家坐下來。

善樓說：「一個禮拜之前，在本市的北區，一位中年的奚哈維太太在穿越馬路的時候，被一輛車子撞倒，車子跑掉了，把她留在馬路上，躺在地上。

「她身上很多地方挫傷了，好像骨頭是沒有斷。經過報案報到交通組，當然免不了調查這麼一陣子。

「我們到現場，發現她衣服上有一塊布被撕掉了。

「我們不太高興，因為大家都不喜歡撞人脫逃的案子。這件案子受傷的人傷得不嚴重，我們見過更嚴重的撞人脫逃，但這不是嚴重不嚴重，而是原則問題。」

善樓把話停下來，向四面看看，從口袋中掏呀掏地掏出一支雪茄，放進嘴裡。陶麗施趕快說：「這裡不行。」

「什麼這裡不行？」

「這公寓裡我不准抽雪茄。」她說。

善樓猶豫了一下，歎口氣，自口中將雪茄拿下，放回口袋。

「像這一種撞人脫逃的事，」他繼續說：「有的時候，肇事的人在背後和受傷的人講通了。所以警察雖然破了案，但是沒有原告，沒有證人。

「我們不喜歡這種處理方法。

「這賴唐諾，是個私家偵探，是個非常聰明的人，我和他有過多次接觸，我可以告訴你們他是能幹的人。

「我們偶然的發現在這件案子裡他也湊上了一腳，而且他前腳跨進來的時候，奚哈維太太就後腳溜了出去。奚太太溜走的時候身邊帶了一大堆的百元大鈔，她快樂得像隻百靈鳥。

「所有證據顯示，她不單得到了受傷應有的補償，請律師告狀的補償──這當然是民事，我不管──而且對刑事告訴可能也已經有暗盤妥協了──這是刑事，叫做接受金錢私了刑案。

「我有證據是賴唐諾付的鈔票。我相信他會拿張收據或簽個證件，目前只有他知道在哪裡。我已經給他一個限期，到時他不把客戶的名字說出來，我就絕對吊銷他的執照。」

「現在，你們各位有什麼話要講？」

麗施想要說什麼，但是艾律師搶先開口。

「沒有。」他簡短地說。

「什麼意思？」善樓說。

「沒有。」艾說。

「好，敬酒不吃，我只好請你們吃罰酒。」善樓說。

他走向電話，拿起話機，撥通總局說道：「我在公園公寓，六〇九。有輛車在這裡，今年的凱迪拉克，前擋泥板有個凹痕。在地下車庫裡。牌照ODT〇六七，我認為這輛車和撞上奚太太逃掉的案子有關。

「弄輛拖車，把這車拖到警局檢驗室去，好好給檢查一下，尤其看看有沒有奚太太衣服那種纖維卡在裡面。

「我要你們馬上開始動作。」

善樓又不說話，只聽了一陣說道：「是的。」

他把電話掛上，轉向麗施道：「我們暫時扣留你這輛車作為證物。等我們完全檢查過之後，你可以要回去。目前他們就會來取。」

「他能這樣做嗎？」麗施問艾科通。

「他不是已經做了嗎。」律師說。

「等一下，」善樓說：「既然你們是決定不合作了，我要告訴你們所有人一些事情。我看來這裡牽涉到幾件刑事案子。第一件是撞人脫逃，除了駕駛的人鹵莽之外，很可能還是酒後駕駛。另一件是私了刑案，這本身就是件刑事重罪。」

善樓轉向我。「對你來說，」他說：「我要加一件：包庇重要刑案證據，拒絕和警方合作。」

「包庇證據？你怎麼說？」艾律師問道。

「你聽到我說的了。」善樓說。

「我也聽到你親自說，你給了唐諾一個時間限制，叫他在那一段時間之前，把他客戶的姓名告訴你。」

善樓看向他：「你說得沒有錯。」

「限制的時間過了嗎？」艾問。

「還沒有。」善樓承認地說。無可奈何地靜了一下，又說：「不過，只要時間一到，我馬上把這自作聰明的小不點先關起來。」

「只要他在限期之內告訴你客戶的名字，你就動不了他一根毛。」

善樓自我控制說：「他要肯說才行。」

艾律師向我看看道：「大自然第一原則，先求自己生存。賴，你就告訴他。」

我向麗施看一眼。

她也點點頭。

「我的客戶是一位自稱陶克棟的男人。他說的地址在丹佛。經查證丹佛的地址只是收件處，虛設的。目前我找不到陶克棟。他說他是陶氏債券貼現抵押公司的副總經理。公司在科羅拉多州，丹佛市。但是根本沒有這個公司。

「他告訴我他的女兒是陶麗施，在這裡用的是董麗施。

「現在，你和我知道得一樣多了。」我一口氣說完。

「你把奚太太藏哪裡去了？」善樓說。

「這是另外一件事，這件事與我無關。」我說。

「你有沒有付她任何錢？」

「有。」

「彼此諒解，她不再提任何控訴？」

「老天！不是的。」我說：「我付她錢，因為我的客戶要買下她的損失控訴權，由他來出面訴訟，賺取其中的差額。」

「你的客戶是這裡的陶麗施？」

「我的客戶，」我說：「是陶克棟。」

善樓——知道我從來不說謊話，把眉頭蹙成一線，研究我的真話背後是什麼事實。

艾律師說：「賴已經把客戶名字告訴你了。這是經過客戶女兒陶麗施同意的，洗滌了將來任何人要說賴不該說出自己客戶名字的罪名。你對賴已經無法處分了。」

「無法個鬼。」善樓說：「不要以為這個小不點的混蛋——」

「小心說話。」律師簡短地告訴他。

善樓向他怒視著，過了一陣說：「我名單上也有你。」

「你千萬小心，別以為你不會上我的名單。」艾說。

善樓深深吸口氣，把雪茄又從口袋中摸索出來。

「嗯，嗯！」麗施說。

善樓把雪茄放回，說：「我可以把你們帶去總局問話，那裡環境對我友善一點。」

「那就大錯特錯了。」艾告訴他。

「別自以為是，我仍舊可以證明有人搞了鬼，把撞人脫逃案中的受害人送出州去了。」

「哪件撞人脫逃案？」艾問道。

「哪件撞人脫逃案？當然是奚太太那一件。」

「又來了。」艾律師說：「你倒真有趣。警官當久了，你應該知道，道聽塗說在法庭上是沒有用的。你有證人看到了她被撞，還是有人指認這輛車了？」

「我們沒有指認這輛車。」善樓慢慢地說：「但是檢驗室或許能查出來，陶小姐的車就是那輛車。」

「有人證看到奚太太被這輛車撞到？」艾律師問。

「車子過去不久，有人看到奚太太倒在地上呻吟，想爬起來。這當然是人證。」

「他們憑什麼知道，她是被車子撞倒的？」

「奚太太當時就告訴他們了。」

艾律師向他微笑著。

「好吧，好吧。」善樓說：「這是道聽塗說，但是只要我們找到奚太太，這當然就不是道聽塗說了。」

大家不理他。

善樓又說：「我告訴你們各位！我們總局就希望捉到所有撞了人開溜的犯人，把他們全關起來。這是政策問題。

「這件案子比一般的撞人脫逃又多了不少政策問題。只要我們在這輛車上找到一點點證據，我把本市翻過來，也要找到奚太太。」

「我的當事人什麼時候能把車子拿回來？」艾問。

「有兩個方法可以把車子拿回去，」善樓說：「第一個方法是弄張法院命令。另外一個方法是等我們檢查完畢，通知你們來領回去。」

善樓站起來，對著我說：「至於你這個小子，賴。我把案子全部弄清楚之後，只要發現你在裡面有一點毛病，你就要改行去拉保險，或是去做任何不要在我眼皮底下晃來晃去的工作。」

「也許我第一個向你兜人壽保險。」我建議。

善樓下定決心地自口袋中拿出那支雪茄，毫不猶豫地向嘴中一插，大步走向門去開門，走出去。

門砰然關上，我在任何人開口之前對麗施說：「你父親到底在哪裡？」

她搖搖頭：「我不能告訴你。」

「因為你不知道嗎？」

「因為我不能告訴你。」

「不知道還是不願意？」

「我不能。」

艾律師說：「你不會有事的，賴。你耍的一手很絕，叫她簽張——當然，我是個律師，我可以告訴你，在目前這種情況下，這張合約的有效程度有點問題。」

「我奉命行事。」我說：「我不是律師。」

艾律師微笑著。他說：「陶先生是需要一個真正能幹的私家偵探。他初見你的時候，相當失望。但是我現在看你表現得可圈可點，我實在很高興，也定心了。」

「你定心了？」我說：「那麼，是你把我們介紹給陶克棟的？是你叫他來找我們的？」

律師笑笑說：「律師不可以把自己和自己當事人的談話內容，告訴任何人，否則就犯了違反職業道德之罪。賴先生，今後你要有什麼困難，也歡迎你來找我。」

我懂得這是送客的暗示了。我說：「謝謝你，我會的……不過這件案子——我仍舊認為背景很特別。」

艾律師滑得似泥鰍似地說：「老實說，世界上每件案子都有不同的背景。人是善變的，你知道。各人個性不同，利害衝突，不同的觀點，複雜的動機。」

「是的。」我說：「複雜的動機……和祝兩位晚安。」

沒有人送我出門。

# 第八章　隱藏的對手

第二天早上，我進辦公室的時候，白莎在盛怒狀態。

「這下你又惹了什麼上身了？」她問。

「我？」

「你！」

「什麼也沒有呀，怎麼啦？」

「少來這一套，我看都看厭了。這次宓善樓真要對你不客氣了。你會把執照玩掉的。」

「誰說我會玩掉執照？」

「宓善樓就說過。」

「亂講！」我說：「他捉不住我什麼錯。他把二和二加起來，變成了二十二。他以為我在包庇一件撞人脫逃案，又以為我私了刑案，還有些別的罪。不過這都是他的猜測，沒什麼——」

「他的猜測，嘿！」白莎打斷我的話，豬一樣的小眼睛發出鑽石似的閃光。「你自己來不及的要鑽進這個陷阱去。老以為自己有點小聰明，總想出點和別人不一樣的點子。現在我看你自己把頭伸得太出來了。要是我是你，我看最好自己到宓警官那裡去，把自己知道的全告訴他，也許他會放你一馬。」

「善樓是給過我一個機會。」

「但是你有沒有好好利用呢？你沒有！你以為自己聰明。你空中飛人去丹佛，去警告我們的客戶不要露面，好好躲起來，避不見面。你付錢給刑事案件裡的證人，使撞人脫逃案子不見了原告。這不是私了刑案是什麼？

「千萬別再說這是宓善樓的猜測。我要告訴你幾件事。」

「什麼？」我問。

「他們把陶麗施的車弄到警察的檢驗室去，在彈簧板的螺絲上發現了三條纖維。他們又把這三條纖維，拿來和奚太太被撞倒時所穿的衣服來比，發現是完全相同的。

「口齒再伶俐的律師，在法庭上，當了陪審團的面，也說不清這一點原因呀。」

「他們扣留了奚太太當時穿的衣服嗎？」我問。

「沒有，他們沒有扣留那件破衣服。」她說：「不過他們在衣服邊上取了點布樣。」

「為什麼？」我問。

「奚太太是在十字路口被人救起，放進救護車，送去醫院的。她受到很大的驚嚇，醫生告訴她會連著有好幾天的全身疼痛，必須要臥床休息。幸好沒有任何骨折。

「因為這是件撞人脫逃案，警察看到她衣服上撕去了一塊，想像中這塊布是掛住車子什麼地方被撕下帶走了，所以他們在奚太太衣服縫邊的地方，剪下了一點布料，準備將來做證物的。」

「奚太太有准許他們這樣做嗎？」

「我怎麼會知道？」白莎生氣地說：「將來受審的不是警方。受審的是你！我想他們調查撞人脫逃是有經驗的。他們會收集每一件證物，而且保管得好好的。」

「現在既然奚太太暫時找不到，但是有了擋泥板上的凹痕，和卡在避震簧片螺釘上的纖維，他們可以把嫌犯定罪的。這些汽車零件的名稱真纏口，我想善樓是對我說，避震簧片螺釘的，不是我本來說的彈簧板螺絲，我只會開車，這些機械方面……」

「那麼，善樓什麼都告訴你了？」

「他是告訴我不少。」她說：「我決定在這件事裡和你分家，免得我的執照會跟了你的一起吊銷。善樓也知道這件事和我沒有什麼關係。到底善樓是我的好朋友，沒錯。」

「我也一直對他很友善呀。」我說：「我幫過他不少忙。」

「你是幫過他很多次忙，」她說：「但是你的態度不好，你玩世不恭。你老刺激他火冒三丈。所以吃力不見得討好。」

「他怎麼想是他的事，每次我都能使他出風頭，總是事實。他一點感激都沒有嗎？」我問。

「你反正這件事做得不妥。你這次吃不完兜著走了。不過還是有一個解救的方法。」

「什麼方法？」

「不要說是我教你的。你應該超前善樓一步辦件事。」

「你是指奚太太？」

「是指奚太太。你給了她錢，她乘救護車去機場。她一定是乘飛機去丹佛了。到了丹佛，怪事出來了，有人使她完全失蹤了。這個使她失蹤的人，想想看，會是誰呢？」

「我們的客戶？」

「你的客戶。」白莎說：「奶奶的，雖然是你的客戶，但是，再要給我見到的話，照樣要他好看。」

我什麼也沒說。

「這個混帳客戶，」白莎繼續說：「是他把你送進的陷阱。他把老鼠夾子設定好，又放了一小塊肉在上面，他自己就溜得影子也沒有——再告訴你一點。」

「什麼？」我問。

「善樓認為陶麗施是個假貨。根本不是那個人的女兒，是情婦。善樓認為他是個有錢人，不過一開始就幫著她想把這件撞人脫逃案子，用鈔票擺平。」

我把兩隻手深深地向褲子口袋一插，讓自己坐下。

白莎看著我，等了一下說：「說話呀。」

「我在想。」

「你想得未免太晚了。把自己伸出去上吊之前，你就應該想清楚的。我失去你這樣一位夥伴會傷心，但是這次善樓真生氣了，你的執照反正保不住了。我從來沒見過善樓那樣生氣。」

「他告訴我，他們出動了三十個人去找奚太太，他一定要找到她。」

「也許，」我說：「但是他捉不住我什麼錯。」

「什麼意思捉不住你的錯？」

「他給我一個限期。」我說：「讓我把客戶的名字告訴他。他說這句話的時候，還有證人在場。他說過，我只要把客戶名字告訴他，他就不再追究。」

「他可不是那麼說的。」白莎說：「他說是你引誘他這麼說。而且他告訴過你，只要你出了一點差錯，他一定要關你起來。他說你何止出一點差錯。你是告訴了他客戶的名字，但是私了刑案，本身就是一件可以公訴的刑罪。」

「他說了，假如在今天中午之前，你能把奚太太交出來，他會對你寬大一點，處分輕一點，但是他絕對不容許私家偵探社偷偷地做私了刑案這種勾當。」

我說：「我怎麼能交出奚太太來，我根本不知道她在哪裡。」

「那只好讓善樓先找到她了。」

過了一陣，我說：「這件案子不對勁。這樣沒意義。」

「什麼意思？」

我說：「我們再從頭開始。這件撞車脫逃的案子，不是一件大案子。那受傷的雖然是在行人穿越線上，但是受傷不重，沒有骨折，多少和撞死人脫逃有點不同的。

「但是，神祕兮兮的人帶了大量的錢參與起來。花的錢，當然比奚太太拿到的要多得多。我們拿到錢後，去找受傷的人。受傷的人又急著要錢到手，我一談一萬元就合上拍子了。我給我們客戶一個電報。

「連一點問題也沒有。沒人叫我減點價，沒人問我怎麼做成的協定，馬上一萬元現鈔放到我大腿上。不論後面是什麼人在撐腰，他就是要——快。」

「我懂你的意思了。」白莎說：「駕車的人，一定是個大人物。」

「假如，真有車子的話。」我告訴她。

「什麼意思？」白莎問。

我說：「誰知道一定有輛車子？」

「你說什麼？」

「整個事件太巧了。你想想看，我才一動，宓善樓怎麼會馬上跟著來了？他怎麼會知道有人付奚太太鈔票，要她把這一切都忘了呢？」

「那是因為奚太太嘴巴太快了。她把錢給鄰居看了。」

「善樓又怎麼會去找她鄰居呢？」

「他在查這件案子呀。」

「像善樓這樣在警察總局有點身分的人，怎麼會出來跑這件案子呢？」

「因為，這件案子……比較重要。」

「那個時候，這件案子並不重要。」我說：「在他發現可能有人出錢私了刑事案件之前，這根本是件小案子。再說到底有沒有案件可訴訟，現在看來尚在未知之天。」

「案子當然有的，而且是刑案，撞人脫逃。」白莎說。

「好，」我說：「為了避免爭辯，我們就說撞人脫逃是有的。但是宓善樓是兇殺組的，關他什麼事，他為什麼要親自參與，而且立即到達現場？還去得那樣快？」

「我怎麼知道，」白莎說：「善樓又沒有先請求我同意。」

「只有一個可能，他自己那麼快參與。」我說：「有人告密。」

「有人，是什麼人？」白莎問。

我坐在椅子中，用盡腦子在想。

「說呀！」白莎說：「什麼人？」

「在這種情況下，」我說：「只有三個人有這種可能——不，還有第四個人。反正四個人中的一個。」

「那四個人？」

「我們的客戶，陶克棟；所謂是他的女兒，陶麗施；她的同居人董宣乃；再不然就是律師艾科通……其中，當然我們還不知道，有沒有董宣乃這個人。」

「我看你瘋了，他們四個人絕對不會去告密。事情爆發出來，他們什麼都完了。」

我站起身來說：「今天一天，我都要在外面。我也許會出去好幾天。」

「你說對了。」白莎說：「你反正是出局了。我反正也不會和你這種馬上要失業的人鬼混。善樓叫我明哲保身，要我釜底抽薪，我現在正準備聽他建議。」

「好吧！」我告訴她，一面向外走，一面說：「我們拆夥好了。」

我走回我自己的辦公室。

卜愛茜在哭。

「有什麼困難，愛茜？」我問。

「白莎都告訴我了。」

「有關執照的事？」

「是的。」

「不必掛在心上。」我告訴她。

「但是合夥事業垮台了，你已經付出的努力也垮了。」

「我的執照還沒有被吊銷呀。」我說。

「唐諾，你要不在，這裡我是一天也待不住的——你知道的。」

「不要洩我氣。」我說。

她好心地看著我。「我從不洩你氣，唐諾。」她說：「不過這一次你真的要被將死了。白莎只顧自己逃命。她本應該發揮一點合夥精神的。」愛茜越說越生氣。「我絕不會替她一個人工作的！」

「不至於這樣的。」我說：「不要離開，我可能隨時用電話找你，要你幫我做點什麼事的。現在起我要出去一段時間。」

「萬一……萬一有真正緊急的事發生時，我可以在哪裡找到你呢？」她問。

「你找不到我，」我告訴她：「我會隨時有空就打電話進來的。」

「唐諾，你——你要多保重。」

「現在開始保重已經太晚了。」我告訴她：「我的對手可能是一個狡猾的律師，一個妒嫉的男朋友，一個有計謀的美女，一個十分十分有錢的爸爸，或者是這些人隨便怎樣的排列組合。」

「像這樣的排列組合對付你的時候，你保重有什麼用？」

「你至少要試試呀。」她說。

我走出去的時候，她用擔憂的目光看著我。

# 第九章　欺詐車禍案

宓善樓警官是個正經、能幹的警察。他有時先入為主，有時非常固執，一板三眼不敢魯莽，對每個油腔滑調的人都懷疑，但是他有牛頭狗一樣不屈不撓的精神。

對找尋奚太太這件事他很執著，而且比我先開始，更何況他已投入了三十個人的警力。

我想目前為止，全市的各種名簿都已經追查過了。凡是姓奚的也都列了出來，派人去問過了。問他們有沒有一個叫奚哈維的親戚。問他們認不認識一位寡婦稱作奚哈維太太的。

換言之，一切常規的線路我再去走，也沒什麼意思。經過三十個警察踩過的一粒豆子，怎能榨得出油來。

我一定要想出一個警察還沒有想到的路來走。

奚太太收到了一萬元錢，她叫了輛救護車載她去機場。

她搭上班機去丹佛。

她到了丹佛，有一台輪椅在等著他。

一位紳士照顧她把輪椅弄上車去。

從此她就完全失蹤了。

服務班機的空中小姐說她灌飽了止痛鎮靜的藥品。

這些都是善樓從丹佛警察總局得來的消息。

丹佛的警察也在全市找奚太太。

我看過這次班機的路程表。

奚太太搭乘的這次班機中間只停一次，拉斯維加斯。

但是一個坐輪椅的人不可能不讓空中小姐知道，而自己可以在中間站下飛機。

但是洛杉磯和丹佛，那麼多警力找不到她，她又可能到哪裡去了呢？

在洛杉磯用救護車去機場的女人，不一定就是丹佛下飛機用輪椅接走的女人。班機上面是洽定有輪椅在等一位奚哈維太太，但是另一位奚太太可能也買了張票，在空中小姐忙著為上機客人找坐位的時候，和真的奚太太交換了坐位。

假的奚太太買的是洛杉磯到拉斯維加斯的機票，她們交換坐位、交換機票後，真的奚太太就在拉斯維加斯下機了。

當然，這需要極巧妙的事先佈局，甚而非正式演練，聽起來可能性不大，也沒有理由如此做。

但是從這個案子的安排方式，及當事人花錢的方式看來，也不是不可能。始終令我不解的是，鈔票過手，為什麼宓善樓會立即知道了，有如有熱線電話通知似的。

一定有人告密，而且多半是電話告密。

告密人是誰呢？

奚哈維太太自己？麗施？麗施的爸爸？她吃醋的男朋友？再不然就是高明莫測的艾律師。

這次我飛去拉斯維加斯沒有犯錯，沒有使用柯賴二氏的信用卡去買機票。我心痛地掏了現鈔。

一到拉斯維加斯我不敢租車，一切交通都用計程車，但是我不敢用假名登記旅館，免得將來被誤會是在逃避刑責而開溜，我用真名登記。

我開始一家一家賭場去找。

內華達州的拉斯維加斯是個二十四小時不夜城。不論進入哪一家賭場，都有空調，都有美女，都聽到吃角子老虎的吵鬧聲；得大獎的響鈴聲；廣播那一台吃角子老虎出了傑克寶的聲音；象牙球在輪盤上轉的聲音。

成千上萬的人湧進湧出，無論是輸的、贏的，臉上都是笑嘻嘻。在這種地方找一個不一定在這裡的人，比大海撈針還難十倍。

有人說過，好的偵探工作是百分之九十的跑腿功夫，百分之十的腦力判斷。也許對，也許錯，但是我已經沒有別的選擇了。洛杉磯、丹佛，有警方在找。我即使跑腿也沒有用，我只好選中拉斯維加斯，我要篩出我唯一的指望來。

幸運跟著我來。足足跑了兩個多小時之後，在一家名字叫藍頂娛樂場的地方，赫然見到了生猛活潑的奚太太，站在一部兩毛五玩一次的吃角子老虎前面，猛餵老虎，猛拉槓桿。

我走過去站在她背後。

在奚太太右邊玩的男人離開，奚太太把那部機器也接管下來，一個人玩兩隻老虎，不停的餵，不停的拉。

我說：「見到你那麼快完全康復了，真高興。」

她轉頭來看向我，眼睛變大了，下頷垂下了。

「老天！」她說。

「手氣好不好？」我問。

她給我看面前一大紙杯的硬幣：「贏一點。」

「你為什麼玩這樣一個花樣？」我問。

「我玩花樣？你開玩笑！」她說。

我說：「有人玩花樣了。目前警察在找你。所有洛杉磯和丹佛的警察都在找你。他們還沒有想到這裡，但是我想得到的，他們一定想得到。」

「老天！」她說。

我站著不說話。

「我們趕快離開這裡，」她說：「不要讓別人見到了。」

我們離開娛樂場。

「有車嗎？」我問。

「沒有。」她說。

「你住哪裡？」

「我租了一個小房子住。那一帶都是小房子，專門租給要離婚的人，他們住滿六個星期就可以申請離婚了。租金高得離譜，不過絕對有隱私權。」

「我們去看看。」我說。

我們乘計程車去很像汽車旅館的出租房子。

車子裡有駕駛在，我們誰也沒有開口。我看得出她在看我，很小心的，但是怕得要命。

出租的小屋，就是一般稱作傷心小屋的。外表邋遢，裡面只有必須的傢俱隨屋出租，地毯已經變薄了，沙發看起來不錯，坐下去不見得舒服。

為離婚，不得已住在這種地方六個星期，聽聽就會叫人發瘋。

當然，住到這裡來的女人並沒有規定一定要留在屋內。她們只不過立即把衣箱打開，把衣服放進快要有霉味的壁櫃裡，立即進賭場開始度漫長的假期。

有的時候，女人的離婚是因為有了男朋友而促成的。在等候離婚的六個星期中，男朋友等不及了，寂寞了，也會飛來拉斯維加斯。

沒有男朋友的，在這裡找一個也十分容易。來這裡等離婚住六個星期的多半是女方。男方為了賺錢「養家」，多半沒有空閒時間。

我們在所謂的客廳坐下，奚太太向我似笑非笑地表示一下。「說說看，」她說：「你要什麼？」

我說：「在洛杉磯，你是知道我會來找你的，是嗎？」

她等了幾秒鐘，說道：「是的。」

「你知道我的姓名？」

「有人把你樣子告訴過我。」

「什麼人？」

「你一定要知道嗎？」

「是的。」

「我實在不應該告訴你這件事。」

「那就不太好了。」又加一句：「對你。」

「我不願混進這件事裡去，我早就金盆洗手了。」

「現在來說，太晚一點了，你已經混進去了。不是嗎？」

「我想是的。」她說。

我看著她不說話。

過了一下，她說：「想知道什麼？」

「什麼人在背後出主意？」

「律師。」

「艾科通？」

「是的。」

「你和他有什麼關聯？」

「在這件事前，一點關聯都沒有。」

「但是，你以前就認識他？」

「是的。」

「怎麼會？」

「他是我另外一件案子中，站在敵對一面的律師。」

「什麼叫敵對一面？」

「他代表被告。」

「保險公司？」我問。

「一家保險公司和一輛汽車的車主，是的。」

「那案子怎樣結案？」

「小小意思意思賠我一點錢了事。」

「什麼樣的案子？」

「我的老把戲案子。」她說：「你知道，我是個『不倒翁』——不倒翁是我們這一行自己的術語，照一般人說來，我是職業性的假裝被車撞倒人。我現在老一點，又重了一點，但是我的身手還是不錯的。

「我有本領用我的皮包在車子保險桿上，打出很響的聲音出來，像陀螺一樣從車前輪出來，摔倒在地上，翻兩個觔斗，使任何見到的人都會宣誓他們看到汽車把我撞出去差一點沒有命。」

「甚至對停著的車子？」

「我專長對付快速進行中的車子。」她說：「我會把自己車子停在人行道附近，使轉彎的車子視線不太好。至少有十分之一的開車人，轉過彎來，因為有車子擋住人行道方向的視線，但他們沒慢下來，繞過車子就加油。我老早就看準了。當然，我會選高級的車子。」

「之後呢？」

「之後，」她說：「在任何人想到報警之前，我有一個朋友會打電話去召一輛救護車。救護車會來，一下把我送到醫院。我的朋友在現場，要確定有人報過警。我也在現場留下地址。警察會來看我問我口供。」

「撞我的人假如把車停下，車禍依常規進行，通常保險公司會出面，我會得到賠償。假如對方沒有停車，那就變成撞人脫逃，我們追尋到那輛車，就可以大大敲一筆了，因為撞人脫逃是有罪的。我每次都用不同的名字做案。」

「艾科通律師對你很清楚？」

「我告訴過你，他是在我敵對一面的律師，被他嗅出我的底細來了。所以最後協調的時候，他用一點點小錢，就把我打發了。他是個能幹的律師。」

「這一次又是怎麼回事？」

「就在那一天，」她說：「我的電話響了。是艾律師。他要我十分鐘內趕到某一個特定的十字路口，要我再表演一次不倒翁。他說這次的妥協會是一萬元，我可以純得一半。還有比這更好的生意嗎？」

「他有沒有告訴你，選哪一輛車？」

「當然，還會有錯？他要我選他的車子。」

「他的車？」我喊道。

「是的。他說他到十字路口會閃兩下燈。他要我裝得像一點——萬一正好有人走過。他也告訴我他會毫不理會開車脫逃。他還告訴我，要是沒有閃動燈光，不要撞上去。」

「真是令人不解。」我說。

她說：「真好玩。是不是？」

「於是你準時到達，他也閃了他的燈，是嗎？」我問。

「誰說不是。」她說：「他轉圈子十多次通過那個十字路口，然後看到沒有人，閃了燈，我表演了我的一手，他開快車離開，轉彎時弄出了很尖煞車聲。這就是事實。」

「那件衣服怎麼回事？」

「他後來搶先到我家看我，拿把老虎鉗，撕了一塊布去。」

「之後呢？」我問。

「之後，他告訴我繼續裝樣等著，自然有人會來妥協。」

「四十八小時之後，他電話上告訴我，要來看我的人是個相當聰明的人。他說這個人個子長得小，年輕，思想很快，而且肯用腦筋。他要我自然一點，裝得笨一點。他告訴我可以討價還價，但是最後可以一萬元成交，我無論如何是一萬元的一半。」

「另外一半呢？」

「我還給那律師了。」

我坐在那裡又把事情想了一遍。

她說：「年輕人，你現在要做什麼？是不是想在我這個五千元裡弄一點？我告訴你，這是半年來我第一次的進帳。這些個該死的保險公司，現在用電腦連線作業在對付假車禍真賠償的案子。我們這一行現在吃飯越來越不容易。事實上，後來幾次工作，只要他們肯停車，我就自認倒楣。」

「怎麼說？」我問。

「喔！」她說：「他們停車，下來，問我傷得重不重，我的朋友告訴他們他去叫救護車，開車的給我名片，又告訴我他們車子是保全險的。他們立即把車禍向保險公司報告，他們問我姓名。在這種情況下，我只好告訴他們一個假名，給他們一個假地址。他們也不會再見到我。」

「溜走的人、撞人脫逃的人——尤其是我一看就看得出喝多了酒的人——或有的時候我朋友幫我找的凱子，就不一樣了。」

「怎麼幫你找法？」

「喔，他去酒吧或沙龍，物色那些喝得差不多了的人。看他們免費停車單上的車號，去停車場找到那車牌，從貼在車裡的登記證看他姓名和家裡地址，研究出他會從那條路開車回家。我就在最合適的地方等著他。」

「當然，很多時候，我是白等了。但是只要等到了，可一定是個好生意。你知道怎麼回事，一個男人在酒吧喝了一個半小時酒，開車出來，在行人穿越道上撞了人，萬不得已他不會停車，只要給他機會，他多半會溜掉的。」

「而我們選的時間、地點，多是行人絕對稀少，目的就是給他一個機會希望他開溜的。」

「你替艾律師幹過幾票這種事？」我問。

「老天，還能有幾次。只有這一次，不過是乾淨俐落的一次。」

「他們準備說是什麼人在開那輛車呢？陶麗施嗎？你知道為什麼嗎？」

「什麼也不知道。只知道她從來沒有開過和我有關的車子。艾律師開的那輛車，確是他自己的車。」

「你有沒有把他車撞出凹痕來？」

「不可能，這次我連皮包都沒有用，只是用手一撐，把自己彈起來，兩次翻滾往地下一倒而已。」

「你的朋友也參與這件事了？」

「沒有，艾律師一再聲明要我一個人去幹這件事。他叫我讓過路人去報警。假如警察問我，就說我受驚嚇太嚴重了。」

「當然，」她繼續說：「要裝車禍引起的症狀，我太內行了。腦震盪、脊柱受傷、脊髓受傷、神經受傷、共濟失調、頭痛、背痛、複視、耳鳴、嗅覺奇特，我都懂。」

「有專家教過你？」我問。

「又怎麼樣？」她說。

我站起來，開始踱方步。

「這是我見過最混帳的事。」我說。

「誰說不是。」她說：「唐諾，你現在看起來像個規矩的年輕人。你一直對我很好——你準備要幹什麼？」

「我自己也不知道。」我告訴她。

「要把我送警嗎？」

「不會。」我告訴她：「至少目前不會。我要知道這件事的內情。」

她眼露喜色：「我打賭，你在和我想同一件事。」

「什麼？」

「內情是很多的錢。拿這位大大的艾律師來說，小眉小眼的案子他是不會接的。想想看另外有一個人，自己願意鑽進撞人脫逃的罪名裡去，另外還要拿一萬元出來。更何況艾律師只要我一半回扣，他自己不知撈了多少？

「當然，我還要冒一個危險，就是被人找到了。講好的，拿了鈔票我要絕對不被人找到。萬一被人找到，一切由我自己負責。沒有人會承認任何事，而憑我自己的過去紀錄，多半他們會送我去坐牢。我再把手放在聖經上宣誓，也不會有人相信我說的是實話。這些一定都是艾律師設計好的。這裡面，一定有不少錢潛伏在裡面，我知道，我嗅得出來。

「你要是像我一樣在外面混久了，你也可以像我一樣聞得出鈔票的味道來。我倒很想和你一起做筆生意。」

我搖搖頭：「沒什麼好說的。」

她現出失望。「我把所有底牌都告訴你了，你這樣對我不太公平吧。」

「你把底牌告訴我是因為不能不講。」我告訴她：「我找到了你，我只要一通電話，你的快樂假期就結束了。」

她歎口氣說：「你現在抓在手裡的是鞭子的把手，我懂得。」

「你懂什麼？」

「你要想從我這裡知道得多一點，然後把我趕走，一個人幹，一個人獨吞。我也認為你辦得到。」

「你在這裡混得如何？」我說。

「不太壞，」她說：「當然想要穩定的贏一點，最後還要帶點走是沒有的事。你是在和統計、百分率，和或然率對抗。再說這裡的開支你也應該照攤。

「每次我得到了黑錢，我拿出十分之一的錢，到這裡來賭，下定決心不多賭一分錢。贏的話也許走。輸的話，輸完最後一角錢一定走。這樣做有一個好處。運氣來的話，我可以把全拉斯維加斯贏下來；運氣不好的話，他們除了我準備輸的十分之一之外，不要想多贏我一毛錢。」

「滿聰明的。」我告訴她。

「你在賭數學或然率的話，自己也要有一套才行。」她說。

「你離開這裡後，要到哪裡去呢？」

她向我笑一笑。

我說：「不說不行，否則我一出去就報警。我現在已經在賊船上了。我一定要知道。」

「你不會出賣我吧？」

「我要出賣你，你早就已經被賣掉了。」我告訴她。

「我去鹽湖城，我有個女兒在那裡。」

「結婚了？」

「寡婦。」

「有孩子？」

「沒有，她住的地方不大，但總給我留一個房間。」

「你經濟上要支援她嗎？」

「不必，她有個好職位。我不求她什麼，她不問我問題。」

「她有數你在做什麼嗎？」

奚太太咯咯地笑著說：「你知道，有的時候她還羨慕地看我，我想她以為我是一個神秘的女人，過著不道德的生活呢。」

「但是她從來沒有懷疑過到底是什麼？」

奚太太搖搖頭。

「把你女兒的地址給我。」

她拿出一張紙，把地址寫下來給我。

「你女兒叫什麼名字？」

「譚愛蓮。」

「有電話號碼嗎？」

「有，你也要？」

「也寫在紙上。」我說。

她說：「我把全部都交給你了。」

「交給我沒有錯。」我告訴她：「記住，我隨時隨地都可以拉響汽笛，對你很不利的。」

「你會這樣做嗎？」

「暫時不知道。」

她很認真地對我看著。「認識我的人都知道我是一個非常好的合夥人。」她說：「我知道你想要什麼。你嗅到了鈔票，你想動手去拿。只要你和我合作，我們一定可以取到兩倍以上。分錢的辦法嘛——好商量。」

「你知道我為什麼要你的地址？」

「你可以——老天，我不知道——你為什麼要我的地址？」

「我可能會邀你參加。」我告訴她。

她眼睛亮了起來。「唐諾，」她說：「你真好，看來你還真聰明。我第一眼看到你想出雜誌這一招來，就知道你能幹。」

「目前到此為止。」我告訴她：「記住要不斷和你女兒聯絡，讓她知道你在哪裡。這樣我可以很快找到你。記住，我和你沒有任何生意好做，我只是在調查一件詐欺案。」

「是件什麼詐欺案？」

「一件欺詐的車禍案。」

「現在你都知道了。」她說：「已經沒什麼可再調查了。」

「我真希望能知道了。」我告訴她：「你的百分之十，這次變多少了？」

她臉色又亮起來：「唐諾，我進帳不少了。我的五百元目前變成一千五百元了。」

「靠吃角子老虎？」

「那不可能。我從輪盤開始。手氣好，一直玩下去。手氣不好，下來玩一下吃角子老虎。等手氣好一點，又回輪盤去。」

「對付或然率的話，每個人都會輸的。但是人會陶醉在拉斯維加斯，就因為賭場賭或然率，我們賭運氣。運氣來的時候，或然率也擋不住。所以我的一套是手氣好的時候在輪盤上衝。手氣不好的時候在吃角子老虎上守。我來過這裡不知道多少次，你要相信我，拉斯維加斯沒佔過我便宜。它不欠我錢。」

「這些錢數目也不小，你怎麼處理了？」我問：「你在什麼地方的銀行開了個帳戶，是嗎？」

她向我笑道：「什麼地方的銀行——是沒有錯。唐諾，你威脅我到死，我也不會告訴你的。多用用你的腦子試試看。不過我看是白起勁。」

「把錢好好存起來養老。」我告訴她：「祝你在拉斯維加斯好運，不要破產。警察會不會也追到你鹽湖城的藏處？」

「一點點機會都不會有的。」她說：「我會用三家航空公司，兩次巴士，五個不同的名字去鹽湖城。」

「早點走吧。」我站起來：「要不要計程車帶你回城？」

「不進城了。」她說：「我感覺到我的好運已經亮起紅燈，我要躲起來了。」

「好吧，」我告訴她：「祝你好運。」

我走出門，找計程車離開。

# 第十章　意外的謀殺

我走進一家中國餐廳，事先確定的是中國人開的中國餐廳。一位年長的中國老闆滿面春風，坐在櫃檯上，用算盤、毛筆在帳簿上結帳。

我走向櫃檯：「生意好嗎？」我客套地用中國話問。

他一心在帳簿上，順口回答：「馬馬虎虎。」

我在落魄的時候，整天在唐人街混，對基本的應酬中國話會講一、二句，也聽得懂一點點。

因為沒有聽見我再開口，老闆突然抬頭，看到我。

他用中國話說：「你會說中國話？」

「只有一點點。」我告訴他：「不過我有很多中國朋友。」

他點點頭，無聲地問我想幹什麼。

「我要寫一封信給一個中國朋友。我要很多你們那種八行紙。」我用自己的語言告訴他：「我還要一個大大的紅信封，越紅，越大，越中意。」

我放一塊錢在他櫃檯上。

「寫什麼樣的信要用什麼樣的信紙信封才對。」

「我只是寫封開玩笑的信。」我說：「我要『恭喜』一個好朋友一下。要一個大大的信封，非常非常紅。你們叫它封袋。」

他自喉底咕嚕了一下，把一塊錢放進收銀機，自櫃檯底下拿出一個大紅特大號紅封袋。

「太好了。」我說：「拜託，用你的毛筆，幫忙寫幾個字。」

「寫什麼？」他問。

「就寫你餐廳的名字好了。隨便什麼，只要是中文字。」

他猶豫一下，拿起筆來，沾飽了墨汁，寫了幾個字。

「你認識中國字？」他問。

我搖搖頭：「不認識。我只會一、兩句：『你好嗎？』我有不少中國朋友是真的。」

「你住在拉斯維加斯？」

「不是，在洛杉磯。」

我把紅封袋拿起來，伸出我的手。

他很誠懇地和我握手。

我走出餐廳，一路找路上的廣告標識牌。終於找到一塊硬紙板廣告，大小正和封袋相似。廣告上寫的是那家賭場幾週年，準備每天送掉一輛凱迪拉克，連續十天。

我順手把廣告弄下來，裝進紅封袋，把袋口封好，來到郵局，貼足航空限時專送郵票，地址是科羅拉多州，丹佛市，米海倫辦公室所在的大樓及辦公室號碼；只是收件人是陶氏債券貼現抵押公司的陶克棟。我把紅封袋投郵。

我看看去丹佛班機的時間，在上機之前正好來得及在骰子桌上贏了七百五十元。

在丹佛，我租了輛車。好好地睡了一個晚上。

第二天一早，還沒有到上班時間，我已經佔了一個可以遙遙觀測米海倫辦公室的好位置了。

只要限時專送的大紅封袋送到米海倫的辦公室，我相信米海倫會用電話通知她的客戶陶克棟。我相信那個偽裝的人，不論他真姓名是什麼，一定也會急著想知道這樣一個奇怪的信封裡，會送來什麼東西。

來取這個信封的女郎，一定對這玩意兒傷透了腦筋。我的選擇是正確的。這樣大，不能摺疊，一個中國式大紅特紅的封袋，除了帶個比手提箱大的過夜旅行箱，可以把它放進去之外，否則不可能帶在身邊而不受到大家注目的。西諺有句話，叫作像隻壓腫了的大拇指一樣——觸出在外面。大拇指被壓到，腫得像條黃瓜，除了整天觸在外面，還有什麼辦法。那個紅封袋正應了這句話。

她把紅封袋用一隻手拿著，垂向地面，但又必須把手肘彎著，使它不碰到地上。下樓的時候，我和她在同一部電梯裡。

她是個天真無邪的年輕女郎，根本沒有注意到我的存在。我的車就停在附近。我想像中會要跟蹤開很遠的車，所以油是灌飽的。但是，她步行穿過馬路，進入對面一個大樓，直接進了電梯。

這一招來得太快，我也沒有想到會來得那麼容易。那女孩天真無邪，不像有詐。她並沒有仔細看我。她做這件事就好像做件常規的事，我不再研究，跟她走進電梯，直上七樓。

在電梯裡，她也沒有對我特別注意。

在七樓走廊上，她在前面走，我在後面跟，我有個機會看她一下。她曲線很好，腿很長，很直。我看得出她很重視自己的美態，但並不故意炫耀。她正經、有效地做自己的工作。從她的肩部，可以看出她很自重。

她是個好人。

我跟她走到一個辦公室，門上寫著「班阿丁，投資工作」。

她推門進去。

一位接待員坐在一台小總機之前。另外還有一張空著的辦公桌。

我跟蹤的少女走到空的辦公桌前，把紅封袋一隻手拿著豎在辦公桌上，沒有坐下，另一隻手拿起電話，用內線通話。

她把電話掛上，沒多久，寫著「私人辦公室」的內間門突然地打開，我們那自稱陶克棟的男人跨步出來，走到女郎前面，拿起紅封袋皺眉地看看，轉過背面又看了一下，眉頭蹙得更近，終於轉身，把紅封袋帶向自己辦公室。

「陶先生，您早呀！」我說。

他轉身，見到我，下巴垂了下來。

我說：「假如你有空，我想見你一下，討論一件我們知道的事情。」

他急急環視一下辦公室，看到兩位小姐臉上的表情，他說：「很好，很好，請進。」

我跟他進入一個奢侈、豪華的私人辦公室。

「你真行。」他說：「告訴我，你怎能辦到的——我看這件紅信封可能有點關係，但是你到底——噢，反正也沒分別了，你已經來了。有什麼困難沒有？」

「困難是洛杉磯有一個固執、大大冒火的斜白眼警察，他已經正式在叫，要吊銷我的執照。」

「為什麼？」

「因為我堅持要保護我的客戶。」

「哪一位？」

「你。」

「那你要我幫你什麼忙？」

我說：「你好像什麼都已經知道了。」

「我是知道不少。」他說。

「我想艾科通一定定時電話報告。」

「沒錯，」他說：「他是定時電話報告，他也是我僱用的，又如何呢？」

「我只是要確定一下。」我說。

「他們不敢碰你一根汗毛。」他說：「警方知道你的客戶是什麼人，他們知道我們付錢妥協了一件意外事件。他們找不到受傷的人。他們永遠沒有辦法證明私了刑案。」

「我倒不忙這件事。」我說：「你的律師對這件事已經對我解釋得很清楚，解釋得很仔細了。」

「那——你還擔心什麼呢？」

「我在擔心，我到底混進什麼事情裡去了。」

「你沒有混進什麼事情去。」

「去你的還說沒有。」我告訴他：「假造了一個車禍，假造的一切使自己變成一個撞人脫逃的罪犯，要我去辦妥協。我剛辦好把錢交出，你或是你律師向宓警官告密，說是我用鈔票私了了一件撞人脫逃刑案。

「這意味著有人大致瞭解我和宓警官之間的關係。意味著精選我出來做代罪羔羊……你還說我不必擔心？

「你們設計好要我站在你們和警察中間。要我把宓警官帶到所謂是你女兒的家裡，要經過我讓宓警官找到所謂是她開了撞人的車。使宓警官請檢驗室找到在車上掛著奚太太被撞倒時所穿衣服的纖維。

「這些證據可以使善樓大叫偵破了一件撞人脫逃案，假如他能證明有這件車禍，或是找到原告。」

「照你們安排的，宓警官不可能找到原告，他甚至不能證明曾經有車禍。於是倒楣的只是我一個人。他可能沒理由合法地吊銷我的執照，但是只要他做一天警官，他兩隻眼睛會盯住我一天。」

「老實告訴你，我不喜歡別人把我當凱子看。」

「你要多少？」他問。

「我要很多很多。」

「我不接受敲詐，我不喜歡敲詐。」

「我不會敲詐人，我受損害，要求補償。但是在討論之前，我要知道理由。」

「什麼意思？」

我說：「你導演了一件遠在洛杉磯的車禍。你安排一位我們叫她麗施的女郎像在開輛汽車，做出各種環境證據在她車裡。

「你和我一樣知道，根本沒有什麼車禍。所以，說有車禍的那個時刻，麗施不是在車裡開車。所以，你真正願意冒這樣一個險的理由，是給自己找一個不在現場時間證人。

「換句話說，你的目的是想給別人一個幻覺，所謂車禍發生的時間，你是在洛杉磯，麗施是在洛杉磯，或你們兩個都在洛杉磯。

「再仔細想想，花那麼多心血，證明自己在洛杉磯沒什麼意思。證明自己及麗施不在丹佛才是真正原因。

「我要是進一步調查，毫無疑問地可以找出來，這是一個特定時間，你為什麼一定要證明自己不在丹佛。這絕不是件小事，否則你不會花那麼多錢，冒那麼大危險。在這裡發生的事，當然比酒後駕車、撞人脫逃要嚴重得多。」

他問：「你準備怎樣呢？」

我靠在椅子裡，把兩腿向前伸直。「我就坐在這裡，等你告訴我，是件什麼大事，你一定要證明不在丹佛。」

「你聽了不會高興的。」他說。

「我知道。」

「你真的逼得我沒有辦法了。請你幫幫忙，我實在經不起你到丹佛來亂搗亂闖的。」

「這一點我也想得到。」

「你是對的。」

「我什麼是對的？」

「你說我們需要一個不在場證人。」

「誰是我們？」我問。

「麗施和我，尤其是麗施。」

「我另外一個猜測，這裡發生的事，一定嚴重得多。是不是也猜對了？」

他點點頭。

「是什麼事？」我問道。

他鎮定地看著我說：「謀殺。」

這使我大吃一驚。我從椅子中站起來。

「謀殺！」我說。

「是的。」

「告訴我內情。」

「一個勒索敲詐的人。」他說：「一個卑鄙、齷齪、無恥，但是非常聰明、無情的敲詐者。

「他有照片，他有旅社登記卡。他證據太齊全了。」

「你和他無法用鈔票妥協？」

「他要求沒有個停。」

「又如何？」

他嘆口氣，開始用手指在桌上打鼓。

「我做了件傻事。」他說。

「什麼傻事？」

「想把證據弄回來。」

「怎麼做法？」

「我給他錢，他把證據還我。」

「你們見面了？」

「是的。」

「在哪裡？」

「在一個他指定的出租房子裡。」

「你把錢給了他？」

「是的。」

「他沒有把證據還給你？」

「沒有，他說他把證據留在一個安全的地點，他會去拿了還給我。他說他怕我騙他。他說他怕我報警搜他。」

「當然他講的完全是推託之詞，我要報警早就報了，怎麼可能自己去找他。讓警方知道，或是讓人在他身上搜出證據來，這是我最不願意發生的事。」

「你怎麼辦？」

「我請他喝酒，麗施把安眠藥放進他酒杯去。」

「喔，喔！」

「他喝了酒，但最後他知道我們下了什麼藥了。他有支槍，想著要拿出來。我抓住他，他藥性發作昏了過去。我們取了他公寓的鑰匙，他的槍，就去他住的地方。我們搜了一個多小時才找到我們要找的東西。我們收起來。由我一個人回去準備把鑰匙放回那傢伙口袋去。」

「他還在那房間裡嗎？」我問。

「他死翹翹了。他的心臟停止跳動了。」

我想了一下說：「所以，你打電話給洛杉磯的艾律師，你和麗施要一個鐵一樣，攻不破的不在丹佛的時間證人，是嗎？」

「主要為麗施。」他說。

「好，你需要替麗施製造一個不在場證明，而且要立即完成。你要證明她在洛杉磯。」

「對的。」他說。

我又想了一陣。

「我希望告訴你這一切，沒有做錯。」

「是我強迫你告訴我的……你為什麼會說姓陶？」

「造出來的。」他說。

「有原因嗎？」

「麗施和我兩個利用這個名字、這個地址互相聯絡。」

「你有太太？」

「有，也算沒有。」

「什麼意思？」

「我結婚了，有太太。」他說：「但我太太和我合不來。目前她去拉斯維加斯，要住六個禮拜，我們可以離婚。」

我把眉毛抬起：「既然如此，何必急著冒那麼大險對付一個敲詐者呢？」

「你不知道，」他說：「我太太有一個能幹的律師。他們知道我有外遇，但是無法證實。她拖延了一年慢慢地辦離婚，目的希望能捉到我的證據。他們請了律師跟蹤我，他們做每件能做的事。」

「外面辦公室裡，給你去拿信的那個小姐，是什麼人？」

「那小姐我可以信任。」

「是什麼名字？」

「貝蜜莉。」

「你信任她？」

「我絕對信任她。」

「她對你忠心？」

「她忠於職位。她能幹、冷靜，不管閒事，忠於職守。」

「對面的米海倫，知道你是誰嗎？」

「不會，她只認識貝小姐。如此而已。有重要信件來時，她打電話給貝小姐。她認為貝蜜莉是屬於陶氏公司的。」

我說：「這樣大一個漏洞，奇怪你太太的律師不會追尋到。」

「他們就是沒有。」他說。

「但是，現在你應該知道危險了。」

「假如敲詐者把證據交給我太太的律師，他們會給他一筆很大的錢，這一點敲詐者是知道的。」

「敲詐的人叫什麼？」

「甘德霖。」

我想了一下問：「你怎麼知道他還沒有去看你太太的律師？」

「因為他們沒有得到證據，我得到了。」

「我見到過不少敲詐者，有兩個以上的買主時，他們賣給價高的一方。」

「這個人不同。」班先生說。

我又想了一陣問：「你答應他一個價格了？」

「是的。」

「多少？」

「兩萬元。」

「對你來說，還不止兩萬元？」我問。

「出十萬元，我也願意。」

「你是在一個出租房間的地方見到他的。」

「是的。」

「他選定的地方？」

「是的。他說他要確定房裡沒有竊聽器。」

「但是，你要的東西他沒有帶在身上。」

「沒有。」

「有沒有訂好特定的時間？」

他說：「你為什麼問這些？」

「也許很重要的。」

「他訂好了一個特定的時間，而且要我一分鐘也不能遲到。」

「只說不能遲到？」

「是的。」

「聽來好像你只可以早到，沒有關係。但是一分鐘的遲到也不可以，是嗎？」

「好像是這樣。」

我又想了一下。

「再有幾天，你就可以辦完離婚手續了？」我問。

「大概再有十天。」

我深深吸口氣。「你把我混進了一件撞人脫逃案。」我說：「現在我又聽了一件謀殺案，所以我也混進去淹到了胸口以上。有的事，和客戶間的談話是可以保密的。但是謀殺案不同。假如我知道了，而不去報警，我自己吃不完兜著走。」

他把兩手一伸，手掌向上：「是你逼著我，我沒有辦法才告訴你有關謀殺的事。其實不告訴你也不是辦法。火已經燒到了你屁股了，你自己還是會發掘出來的。」

「是的，我遲早會發掘出來的。我準備到警方去專找你製造車禍那一段時間前後，在這裡發生的刑案……警方對於甘德霖知道些什麼？」

「他們知道他是個敲詐者，他們知道他在那裡為的是和受害者見面，他們知道酒裡被加了安眠藥，他們認為他身上有文件被人拿走了。

「他們知道麗施的車停在現場附近。所以我們動作一定要快。他們正在找她要問她問題。在他們找到她之前，她一定要準備好一個不在現場證明。

「我希望洛杉磯警察局在這裡鬧得不可開交前，給她一個不在丹佛，而在洛杉磯的證明。」

我有一陣沒有開口。

他問：「你準備報警嗎？」

「我還不知道。」我說。

「你要是肯不報警的話，」他告訴我：「你可以自己簽我的空白支票。」

「簽多少？」

「隨你要，無限制，只要我付得起。這對我十分重要。你要知道，在這裡我是知名的人，有人要提名我做市長。這醜聞爆發出來，我什麼都完了。單只這個消息假如給我太太知道，就值五十萬。」

「安眠藥的想法是從哪裡得來的？」

「我太太，」他說：「我和她結婚前，她是個護士。」

「你用的是什麼安眠藥？」

「三氯乙醛水劑。」

「是她以前告訴過你的？」

「是的。」

「那玩意兒很危險的。」我說。

「我現在知道了。據說完全要看使用人身體的各個系統是否健全，尤其是心臟循環系統——但是我們給他的量只是想叫他昏過去半個鐘頭的量。我們在他公寓耽誤太多時間了，我還怕他醒過來，趕回來找我們麻煩呢。」

「這一切在哪裡發生的呢？」

「在洛平住房出租。是他選的地方，他怕我們會給他裝錄音機。房間也是他租的。」

「我們兩個有一個相同之點。」我告訴他。

他把眉毛抬起。

「我們兩個都陷得很深，弄得亂糟糟。」我說：「我以後會和你聯絡。」

他伸手去掏他的皮包：「要不要一點錢？」

「現在不要。」我告訴他：「以後也許。」

我離開他的辦公室，走回旅社，一路在想這件案子。

我在櫃檯停下，取自己的房間鑰匙。

一個男人向前一步：「是賴唐諾？」

我向他看看，點點頭。

他說：「洛杉磯有個通知，說你私了刑案，擺平一件撞人脫逃案。你同意不同意放棄引渡權，讓我們立即引渡你回去。」

我說：「我先要發一個電報，之後再告訴你。」

他說：「洛杉磯說，你不好對付，很會出點子的。」

「那你聽錯了。」我告訴他：「我最馴良了，像隻家貓。」

我送一個電報給艾科通律師：

已於丹佛因私了刑案及擺平撞人脫逃被捕。目前在丹佛警局看守所。要否放棄權利，被引渡返加州？

我簽上賴唐諾，發出電報，對那便衣說道：「好了，走吧。」

# 第十一章　在看守所中安心等待

他們把我放在丹佛的看守所裡。一小時之後，一位監護帶了封電報來給我。電報已被他們打開，看過，蓋了章，檢查過。交給我的時候一點也沒有掩飾。

電報是艾科通律師發來的。

來電收到。安心等待恰當時機，重複，「恰當時機」，每件事皆會處理妥當，汝案定能圓滿解決。安心勿動。勿開口。

我問他們，能不能自費出去吃餐飯，他們沒同意。

我請求交保，他們說到時間會給我辦理。但是他們告訴我，要是棄權同意他們不等公事來往，立即引渡返回加州，他們會對我客氣一點。

我說，我決心等加州來公文，向科州要我，我要安心等待。

他們告訴我這只是浪費公家錢財而已。又告訴我，洛杉磯警局已經派人帶了引渡公文在路上，隨時可以到來，引渡我回洛杉磯，接受私了刑案的審判。又告訴我一次我要放棄權利，不等公函，自願被引渡，會省很多力氣，對我對公家都有好處。

一晚上，我睡得不安穩。

第二天一早，宓善樓就到了。

他們把我自牢房帶到一間辦公室。好幾個便衣都坐在桌子上。從宓善樓文雅有禮的說話方式，我知道房間裡是有錄音機的，每一句我們的談話，都會被錄下音來。

「小不點，」善樓說：「你好像每況愈下了。現在肯對我們說了嗎？」

「對你們說什麼？」

「發生的一切事呀。」

「我沒有什麼好說的。」

「我今天的地位，和上一次跟你說話的時候，有一點不一樣。」他說：「現在我們找到了一個證人，親眼看到那位太太被車子撞倒。」

「他看到了車牌號碼了？」我問。

「我們不需要車牌號碼。」善樓說：「我們有那輛車。我們有了一個完整的環境證據案子。」

「說說看。」

「被撞時，那女人穿的衣服上面的纖維，夾在車子底盤上，已經檢查過，完全符合。」

善樓轉向別的幾位偵探，客套地說：「車子用的是一塊科羅拉多州的牌照。不過車主我們已經找到了。叫做董麗施，她住丹佛的。」

其中一位偵探點點頭，然後突然僵住了，顯出十分注意的樣子。

「等一下，」他說：「你說姓董，董事長的董？」

「是的。」

「車禍是什麼時候？你說的這件撞人脫逃是什麼時候？」

善樓看了一下他的記事本。「二十一號那天。」他說。

「二十一號什麼時間？」

「晚上八點鐘。」

二個丹佛偵探同時從桌子上把腰幹挺直。

其中一人說：「等一下，這個姓董的妹子是我們丹佛要找她談話的。我們找她是為……」他突然停住，看向我。

「不要緊，她在洛杉磯。」善樓說：「我們有人看著她。我現在案子不算沒有缺點，是因為這個小不點的小子把受害人藏起來了。他給了她一大堆錢，又叫她怎樣失蹤，不被我們找到。」

「等一下，等一下。」一位丹佛的偵探說：「現在我們不要再討論這件事。先把他弄回牢房去。」

「現在送他回去，他又會編出點理由來騙我。」善樓說：「我要對他坦白的說，可以叫他死心。他目前情況非常糟糕。假如他把我們要的消息全部告訴我們，我可以給他一點妥協的機會。他告訴過我他的客戶是誰，結果是個假的。他一直在欺騙我。他的執照現在等於一半已經吊銷了，我們已經開始控訴他私了刑案了，這是個很大的刑事案。」

丹佛偵探傾身向善樓說：「我們有點事，先要和你談談。」他指指我又說：「我們不要他混在這裡攪局。」

另一個人走過來說：「好了，賴，你跟我走。」

善樓開始抗議，但敵不過他們人多。他疑問地生著氣，眼看他們把我帶走。

我跟了那丹佛偵探走下走道，把我交回監護，又把我放回牢裡。

我安心地坐在裡面。

# 第十二章　不便宜的律師

兩個小時之後，我又被帶出來，見到一批顯然不協調的人。

兩個丹佛警官在場；一位副地方檢察官在場；宓善樓在場；艾科通律師也在場。

艾律師從椅中跳起來，很高興地和我握手。「啊！賴先生，你好嗎？」他說：「我盡可能快趕來看你。我包了一架包機。這些個警察真是膽大妄為，蔑視人權！」

「我還好。」我說。

他擠擠我手道：「我是來代表你的，一切由我開口。」

「你已經說得夠多了。」善樓說。

「好了，各位先生們。」艾律師轉身向著他們，不過用一隻手表示保護地放在我的肩上，他說：「這個人顯然有資格告你們非法逮捕，但是他並沒有報復性。我既然是他律師，我告訴你們，要是你們不立即釋放他，我馬上申請人身保護令，看你放人還是送法院。我看你沒有把他移送法院的任何證據。」

善樓說：「我告訴過你，這傢伙私自擺平了一件撞人脫逃案。」

「什麼撞人脫逃？」

「你和我一樣清楚有一件撞人脫逃案！」善樓說。

「我現在開始覺得這整件案子是個誣陷。」艾律師說：「是有人故意在誣害我的當事人董麗施小姐的。你們現在大家看一看，這裡丹佛的警探都咬定有個證人，看到她的車子在一個姓甘的死掉的時間，在科羅拉多州，在丹佛市。你們又不肯說出這個證人的姓名。你們又說姓甘的混混是給人謀殺的。

「再看看宓警官的說法，他說他有兩個證人，肯宣誓說那輛車子在四個小時之內，在洛杉磯。」

「等一下，等一下，那兩個證人沒有指認那輛車子。」善樓說。

「我認為你剛才已經說確定了？」

「我只是說，這是撞倒奚太太的車。」

「沒有人看到車牌號碼？」

「嗯，他們記得車禍發生的時間。他們看到她撞上去，而我們知道是哪一輛車撞的。目前的環境證據已經足夠，不論到世界上哪一國去，在任何陪審團之前，定罪是絕對沒有問題的。」

「假如你有原告的話。」律師給他陰陰的加一句。

善樓生氣地轉向我。「這件事要謝謝我們這個小不點的雜種，」他說：「沒錯，目前我們原告不見了。但是我們會找到她的。

「只要我們找到奚太太，奚太太把事實一說出來。這小雜種逃也逃不了。天皇老子也救他不了。」

「我的當事人的姓名，」艾律師一本正經、嚴肅地說：「是賴唐諾先生。假如你希望我們原諒你控訴不當、行為失檢，及非法逮捕，你最好說話乾淨一點。」

善樓一口向雪茄咬下去，我真怕他會把雪茄咬斷。

「我看我們這樣下去不會有結果的。」副地方檢查官說：「假如你的證據，只有你說過的那麼一點點，再也拿不出更堅強的證據，賴先生只要提出人身保護申請，我們法官一定會下手令釋放這個證據不足就被逮捕的人。所以我建議你們各位紳士，把他放了。」

「目前的證據不夠堅強，只是因為這個該死的人故意弄成這樣的。他把我們主要證人藏了起來。也就是把原告弄不見了。」善樓說明著。

副地方檢裝官告訴他說：「你現在一定要起訴他，證據不足，他會判無罪的。今後你再找到原告，對他一點辦法也沒有了。倒不如現在先去找原告。找到了原告，你再在加州逮捕他。」

「你說對了。我會在加州再逮捕他，你們不肯引渡就算！」

「既然如此，我看我的當事人不必再和各位泡蘑菇了。」艾律師說。

他站起來，向我點點頭說：「走吧，賴。」

我站起來跟他走到門口，當我經過宓善樓前面時，我認為他會捉住我，用暴力阻止我，但是他自制了，坐在那裡恨得牙癢癢的猛咬雪茄屁股。

我們走出丹佛警察局。

「你怎麼來這裡的？」我問艾律師。

「包機。」

「有人一定在為這件案子付鈔票。」我說。

「你的推理，」他說：「當然是正確的。」

「相當多的鈔票。」我說。

「否則我會這樣賣命嗎？」他說。

「你代表我？」

他說：「到車裡去，我再回答你這個問題。」

他帶頭坐進了他租來的車裡，他說：「是的，只要你對你的客戶們忠心，我就一直忠心地代表你。」

「我現在曉得你指的『客戶們』是誰了。」

「我知道你會曉得的。」

「奚太太哪裡去了？」我說：「萬一被他們找到，就——」

「給你一個機密的消息。」他說：「明天早上六點正，奚太太會降落墨西哥的首都墨西哥市。降落後三個小時之內，她會在一個沒人知道的偏僻私人產業隱居起來。」

「她肯留著不蠢動嗎？」我問。

「可以控制她夠久就是了。」

「他們那神秘證人是誰？說在洛城車禍前四小時，看到麗施車在丹佛的那個證人，是誰？」我問。

他向我仔細地看，看進我眼裡去，一陣之後，他說：「賴，我的當事人告訴我你知道得夠多。所以我準備對你什麼都不保留，完全信任你。」

「這是最好的辦法。」我告訴他。

他說：「在這件案子中，一直搗蛋的人，也許你本來知道的，就是班阿丁太太。」

「她為什麼要製造那麼多困擾呢？」

「因為她要的離婚條件是兩百五十萬元。」

「你們準備給她多少呢？」我問。

「十五萬元。」

「班阿丁先生真那麼有錢嗎？」我問。

他笑笑說：「我不準備討論我當事人值多少錢。但是你看看我，我是見過大場面的，知道厲害的。我肯冒如此大險做這樣的工作，不為錢為什麼？你要相信，我絕對不是個便宜的律師。」

「可以。」我說：「你既然說得如此坦白，我也願意冒點風險，要我跟著你們玩，我也不是便宜的偵探。」

「沒有人叫你做便宜的偵探。」

「你所謂便宜，是什麼定義？」我問。

「你說呢？」

我說：「我希望一筆較厚的獎金。」

他看看我：「賴，他們都說你聰明，我看你也還可以。至少到目前為止，你表現得不錯。這一天假如你讓我們渡過這一關，你要多少，沒有不給的。」

「你的意思——要我不開口？」

「尚不止如此。」他說：「你不開口，是為了你自己好。但是，萬一宓警官找到了奚哈維太太，怎麼樣？」

「奚太太說的不過是，我說有一位客戶，肯買下她對不知名駕駛的控訴權。」

「那個時候是可以的。」他說：「但是你接下來對各有關人的見面活動。陪審團看起來一目瞭然。你說你的，一上法庭，說了等於沒說。」

我研究一陣他的想法。

「宓善樓目前邀功得厲害。為了證明他能幹，他可能和奚太太妥協。只要她的口供對你不利，使你定罪，警方對她的行為一概不究。這樣你定罪是百分之一百，執照也吊銷定了。」

「我懂得你的意思了。」我說。

「那就好。」他告訴我：「你現在去機場，越快離開科羅拉多州越好。」

「加州？」我問，把眉毛抬起。

「老天，千萬不可。」他說：「加州目前對你最最不利。這裡給你準備好了一張你名字的信用卡。你去拉斯維加斯。要什麼用這張卡自己買。也可以提點錢出來賭一賭，解解無聊。給我辦公室的祕書打個電話，不要說你是誰，只說你現在在什麼什麼地址。」

「我的合夥人柯白莎怎麼辦？」

艾律師一面想，一面說：「你的合夥人，柯太太，我認為她目前是敵對的心態。我想最好不要讓她知道你在哪裡。」

我說：「我的機要秘書是卜愛茜小姐，她跟了我好多年了。我你可以毫無問題的信任她。等我告訴你我在哪裡之後，請你想辦法通知她一下我在哪裡。」

「她不會告訴柯太太吧？」他問。

「絕對不會。」我說。

「好吧，」他告訴我：「我們該去機場了，你去拉斯維加斯的飛機，半個小時後要開了。」

# 第十三章　手相師

我在第一批幾位乘客登機的時候，登上了飛機。自己找了一個靠窗的座位。

一位女士過來坐在身旁。

我一開始沒有太注意，但是等我把安全帶繫好，抬頭向機艙內一看，我看到還有不少靠窗的座位。這班班機乘客不多，所以沒有叫我們劃坐位。對坐在我邊上的乘客，我不免偷偷的多瞄了兩眼。

她三十五到四十歲，花了很多鈔票，希望看起來能年輕一點。她把自己儘量打扮得時髦。但是在不知什麼地方我看到她硬朗的個性。

是善樓安排我的尾巴嗎？

我懷疑著，第二次又偷看她一下。決心認為她既不是女警，也不是私家偵探。這兩行的人穿不起如此華貴的衣飾。那麼，這個女人，是為了某種特別原因，故意要這個座位的。她伸直了腿，放鬆著，正在養顏。

飛機滑進跑道，跟著要起飛的飛機群後面，輪到起飛的時候加足馬力，一飛衝天。

我的旅伴，還是在休息。

飛機飛到一定的高度，駕駛把引擎關小。

她說：「飛機起飛降落，我總是緊張得要死。」

於是我知道了，她的坐在我邊上，絕不是偶然的。我隱隱的給她一個淺笑。心裡在想到了拉斯維加斯他們會不會另外換人，以完成二十四小時盯梢制。

要不是十分重要的案子，警方不會二十四小時飛機上盯人家梢的。警方的方法是看一個人上機，看飛機起飛，電話請下機的地方警察支援，繼續監視。宓善樓沒有搶銀行，不可能請得公款如此浪費法。

我在沒弄清楚前先玩一下不易接近的把戲——不是傲慢的，但是全力在想其他事上，所以不和她客套。

我感覺到她在觀察我的側影。

過了一下，她說：「好久以來，我第一次看到你這樣有意思的手掌。我希望你不要介意我打擾你。」

「我的手怎麼啦？」我問。

她笑著說：「我是會看手相的——當然不是職業性的。只為我好朋友看看……我認為手相是很靈驗的。」

「我的手怎麼樣？」我問。

她輕輕地伸出她的手，抓住我右手，把我右手攤在她大腿上，輕輕地撫摸著。

「你很有想像的力量，」她說：「有很多天才。你用你的想像力來工作。

「你的一生有很多女人，但是你都不十分放在心上。有一位很年長的女人，和你有生意上的關係，你常使她生氣。有一位年輕的女人，愛你愛了很久了。

「你的職業好像不宜結婚。你是個紳士，不想結了婚使愛你的女人受到傷害。」她抬起眉毛，很鎮靜地看著我。

她有雙藍眼睛，看來她的瞳孔出奇的小。

「有沒有一點準？」

「你在講，我只是聽眾。」我告訴她。

她笑了。笑出清脆的聲音。「我知道了，你想試試我的本領。」她說：「凡是這樣的人，我都會嚇他們一跳。」

「怎麼嚇他們法？」

「告訴他們一些他們認為我絕對不可能知道的事。」

「這一手所有算命的都會。」我說。

「我的本領在測心術，我可以知道別人的個性。當然，個性改變環境。」

「你很有興趣。」我說著，看向她，好像是第一次見到她似的：「你做什麼的？作家？」

「不是。」她又笑了。

「那是做什麼的？」我問。

她猶豫一下，挑逗地說：「我暫時不告訴你。你叫什麼名字？」

「姓賴。」我說：「賴唐諾。」

她說：「你可以叫我敏妮。」

「請教姓什麼？」

她把右手食指放在她嘴唇上，狡猾地說：「曉得我叫敏妮，還不夠啊？」

我笑笑說：「反正什麼時候『適可而止』，一向由女人決定的。」

「我猜好多女人不會叫你適可而止的。」

「手掌上看出來的？」

「不是，」她說：「外表觀察。現在我再來看看你手掌。」

她把我手重新展開，把手指掰開。輕拍我的手說：「唐諾，你的手真的很好玩。你在某一方面是個天才。你的職業很怪，有神秘性……唐諾，告訴我，你是不是在聯邦調查局或特勤處工作？」

「我要是在那一類單位工作，」我說：「你想我會承認嗎？」

「我不知道，要看你是不是奉命守密。」

「我也不知道，是嗎？」

她笑著說：「你做事很小心——不過你目前有困難。唐諾，有人在找你麻煩。有一個很有權力的人，在找你麻煩。你自己要非常小心，你要非常、非常小心。」

我把手抽回來，把手指握起來。

她看向我，笑著說：「我告訴過你要嚇你一跳，被我說中了是嗎？有人在找你麻煩。」

「沒錯。」我簡單地說。

「可以告訴我嗎？」

「不可以。」

「很多次像這種情況，」她說：「只要別人肯告訴我有什麼困難，我都可以幫他忙。」

「你怎麼幫法？」

「用我的第六感，也許。」

我猶豫了一下，說道：「不行，我不能告訴你，那樣對不起別人對我的信任。」

「職業上的機密？」

「可以這樣說。」

「唐諾，你是個律師？」

「不是。」

她思慮地看著我，說：「最近幾天你驛馬星動，老在旅行。那件叫你煩心的事是在西南方，一定在洛杉磯。」

我什麼也不說。

「是有關一個男人和一個女人的事，是一件偷偷摸摸的事。你知道他們的事——我只知道這一些了。」

「為什麼？」

「因為我說到這裡，你的內心自動形成了一層障礙，把我和你的思想隔開了。我大概太急於幫助你了。我一看到你的手就技癢了。不過你既然不要我幫忙，只好算了。」

「不過我可以再告訴你一些。你這次會步入極大的危險。你心裡認為完全在你這邊的人，只是在利用你。唐諾，我看得出，故意的、自私的，在利用你。當他們達到目的後，就會把你摔在一邊，甚至把你摔給狼去吞食。」

「唐諾，這年頭不能太信任別人。你不可有害人之意，但一定要有防人之心。」

「謝謝你。」我說。

「唐諾，你還是老脾氣。」

「什麼老脾氣？」

「在我們兩個人之間豎著一垛心理上的牆壁，我找不到溝通的橋樑。」

「你真的有很強的第六感，是嗎？」我說。

「我自己的確知道，唐諾。我每次試用都是很靈的。我知道你有點煩了。你想靜一靜，想一想。所以我不再打擾你了。你要把情緒平靜下來，把這幾天發生的事研究研究。不過我有件事請你注意一下。做人要先為自己著想。自己保不住的時候，怎麼能保護別人。所謂泥菩薩過江。

「目前你的頭在獅子的嘴巴裡。我敢保證他們利用你之後，下定決心要把你頭咬下來的。

「你到哪裡，唐諾？洛杉磯才下機嗎？」

「不是，我想在拉斯維加斯下。」

「真的呀，」她說：「我也是在拉斯維加斯下機。」

「你住在拉斯維加斯？」

她突然把手放在我的大腿上，又把手翻過來手心向上。「你看。」她說。

「看什麼？」

「我告訴你的每一件事，都是從你手上看出來的。你假如要知道我的事，你就自己看我的手好了。」

她大笑著。

空中小姐走過我們身旁。她向小姐說：「找本雜誌給我好嗎？」

「有特別喜歡哪一類嗎？」

「多拿幾本來，我選一本好了。」

空中小姐帶來幾本雜誌。她選了兩份，自顧自完全投入在圖片和文字裡。

我僵硬地直坐著看著窗外。

三十分鐘之後，她把雜誌闔起，突然說：「我完全說中你了，是嗎，唐諾？」

「是的。」我說。

「你還是不願意和我溝通。」

「我有苦衷呀。」

她說：「你要小心那些付了錢給你，要你替他們做事，但是會放你鴿子的人——我看得出好像有個律師混在裡面。我的心靈還無法和你的相通，但是看得出來的就這麼多。假裝是你朋友的，對你最危險，你要特別特別小心。好像你的一舉一動他們都知道，都是他們預期的。」

我讓我自己的頭極輕微地點了一下。

突然，她把雜誌收起，說道：「我不再打擾你了，唐諾。我要睡一下。」

她向後一靠，把眼睛閉起。

飛機到了接近拉斯維加斯的上空。空中小姐廣播還有多少時間我們可以降落，要繼續去洛杉磯的應該如何如何；在拉斯維加斯下的乘客，不要忘了自己的東西，接著是當地時間，氣候等。

機長亮起繫安全帶的燈號，過不多久請勿吸煙的燈號也亮了起來。

敏妮張開眼，繫起安全帶，向我笑笑，又閉上眼。

飛機下降得十分順利，敏妮在飛機才停妥，立即離座。用她女士優先姿態，一路擠過前面的幾位客人。我還沒有把自己頭低下從座位起立前，她已第一個離開了客機。

我趕快下機，沒有見到她。

我走到行李領取的地方，也沒有她的蹤跡。

她就是不見了，留下的只是她在我耳邊的叮嚀。

我走到機場電報服務處。發電報給洛杉磯艾律師辦公室，電文說：

請電告班敏妮特徵及地址，可電拉斯維加斯電信局，留交本人自取。

發完電文，我就去找了家旅館住進去。

# 第十四章　已嗅到大老鼠

在旅館裡，我爬進浴缸，想把監獄裡該死的消毒水味道都沖洗掉。明知道這些味道不是在我身上，多半是在我鼻子裡和腦袋中，但是我還是把全身猛刷了一陣。

我找了個好的餐廳，好好的吃了一餐。一晚的好睡，第二天起床已快中午了。我來到電信局。

有一封電報在等著我取。

電文說：

別作死！遠離是福。年三十七，藍眼，身材中等，髮栗色，一一五磅。

是眼鏡蛇，需保持距離。有僱私家偵探。住萬全公寓，已有五週居住證明。重複，遠離是福。

電報是艾律師發出來的。

我還了他一份電報。

並非自己作死，已被主動找上門。顯見已嗅到大老鼠。

發了電報，我用賭錢來殺時間。混了一段時間，我打了個電話給洛杉磯辦公室的卜愛茜。

「愛茜，你還好吧？」我問。

「我正想整理一下辦公室回家。」她說：「唐諾，你在哪裡？」

「最好你不必知道，」我說：「辦公室一切都好嗎？」

「緊緊張張的，大家都緊緊張張的。」

「有鈔票嗎？」

「我能湊一點。」

「有一班飛機今天晚上十點半可以到拉斯維加斯，我在機場接你。」

「唐諾，不行呀。」

「當然行，為什麼不行。」

「我，試試看。但是我怎樣告訴白莎呢？」

「不要告訴她。留張字條，你明天不上班。」

「唐諾，白莎會火冒三丈的。」

「就讓她冒一次好了。」

她神經質地笑道：「好！我就乘那班飛機來。」

「帶只手提箱、筆記本、鉛筆、那個用乾電池的錄音機。我們也許用得著。」

「唐諾，白莎告訴我，不論什麼時候，只要我知道你在哪裡，要立即向她報告。」

「她和善樓有來往？」

「宓警官來過辦公室兩、三次。」

「他還好吧？」

「猛咬雪茄，跺著方步，一再告訴白莎，在整個房子倒下來之前，她應該懂得自己保護自己，先溜開現場。」

「所以白莎想溜？」

「我不知道，唐諾。上一次善樓來的時候，白莎對他很不滿。白莎告訴他除非開庭判決你有罪，否則她絕不會責難你或背棄你。宓警官生氣了，說他已盡了力氣為了友誼在保護她，她不該不懂好壞。」

「懂了。」我告訴她：「滿熱鬧的。」

「本來就熱鬧過頭了。唐諾，你會來接機嗎？」

「會的。」

「唐諾，你已經有住的地方了嗎？」

「有了。」

「一間房還是兩間房？」

「兩間房。」

「喔。」

她靜了一陣。

「你會來？」

「會來。」

「好，我來接你。」

我掛上電話，又來到電信局。

艾律師的回電早已等著了。

嗅到老鼠，與捉住老鼠不同。勿自入籠。遠離。

我又給他一個回電：

老鼠不是我。

我在不同的賭場逛逛。吃餐晚飯，開一段車，看清楚沒有人在跟蹤，開到一個汽車旅社，要了兩間連著有通門的房間。

登記好，付過錢，我到機場，看愛茜下飛機。

她滿臉興奮，眼光閃耀。她把手緊緊抓住我手臂。「喔，唐諾，真夠勁。終於你叫我參加工作了——這是公事，是嗎？」

「公事。」我說。

「你真的租了兩個房間？」

「我不會騙你的。不過兩個房間是有個門可通的。」

她什麼話也沒有說。

我們取了她的行李，放進我租的車子，開車來到汽車旅社。我並沒有把旅館的房間退租。我認為旅館有一間一房，汽車旅社有兩間房，還有一輛租來的車子，交叉著活動會有更多的彈性。

「你留了張字條給白莎？」我問她。

「是的，我只留張字條，說我不會去上班，我想白莎會開除我的。」

「她不可以開除你，」我說：「你是我的秘書。她高興可以開除自己的祕書，但不能開除你。我們以前也有過這種鏡頭，最後決議你還是我的。」

她想說什麼，把眼皮嫻靜地垂下來。「是的。」過了一下又說：「我是的。」

# 第十五章 意外之客

我確認沒有人在盯我們梢後，把愛茜的行李箱移到汽車旅社她的房間去。

她看了一下房間。「唐諾，你說有個門和你的房間相通的？」她問。

我指給她看。

「通你的房？」她又問。

我點點頭，把門打開，我們走過去，到了我的房。

她想說什麼，臉紅了，沒說出來。

「愛茜，你聽著，」我告訴她：「有一件任務給你，很艱難的，所以我要你仔細聽。你看到這個壁櫃的門？」

她點點頭。

「近地處有一個鐵的百葉窗。」我說：「是給表面通風用的。是個很大的壁櫃，裡面沒有窗。」

她奇怪地看著我。

我說：「我在市區旅館裡還有一個房間。我想像中只要我一回去，馬上會被人盯住，不論我到哪裡，人家都會盯著我。

「當我知道有人跟我之後，會天真地直接開車回到這裡來，好像完全沒有想到會有人跟我似的。」

「你知道有人會跟蹤你？」

「我幾乎可以確定。」

「但是，唐諾，你既然要租這個地方躲一躲，為什麼又自己把他們帶過來呢？」

「因為我要設一個陷阱。」我告訴她。

「說給我聽聽。」

我說：「我回到這個汽車旅社來。我們一直把兩個房間當中的通門開著。」

她把眼睛垂著。

「假如有任何人敲我的門，」我說：「你趕快過來，把通門關起來，跑進我的壁櫃去，把壁櫃門也關起來。在壁櫃裡，你可以聽到我們說些什麼話。你盡可能把對話速記下來。我們還要把錄音機放在通風百葉窗下面，把室內所有對白都錄下音來。

「你當然要完全的不出聲。只要有人知道你在裡面，可能會有危險。」

「唐諾，我想我不會有問題。但是你會有危險嗎？」

「我想大概不會有問題的，你敢試一試嗎？」

「當然，唐諾。為了你，我什麼都願意幹。」

「好孩子。」我說：「現在時間不早了，你去做一切準備。錄音機先放好，麥克風要向外，對準百葉窗口，在我回來之前要試過。我大概三十分鐘回來。我會回旅館，再出來，兜一下圈子，直接過來這裡。」

「你認為他們一定會跟蹤你？」

「應該會的。」

「你回來之後，多久才會有人來敲門呢？」

「可能最多一、兩分鐘。」

「好的，」她說：「你走了之後，二十分鐘，我就躲進壁櫃去。」

「好極了。」我拍拍她的肩膀。「我這就走。」我說。

我開了租來的車，開到旅館的停車場，停好車，去櫃檯拿了鑰匙，回我房裡鬼混了兩分鐘，走出來，向肩後看了兩、三次，進汽車，沿了旅館繞了一圈，直接回汽車旅社。

我把我自己房間門打開，走進去。

兩間房間中的門已經關上。我向壁櫃裡面看看。愛茜已經把錄音機放在外面看不到的百葉窗櫃子上。搬了兩張椅子進壁櫃。她自己坐一張，另一張上放了拍紙簿和幾支鉛筆。

「好孩子。」我說。

她給了我一個飛吻。

外面門上有敲門聲。

我急急把壁櫃門關上，走出去開門，吃了一驚地退了一步。

門外站著的女人，不是我預期想像中會來的女人。

「哈囉，唐諾。」她說。

「老天！」我說：「你來這裡幹什麼？」

奚太太說：「我一直在嗅到鈔票的味道。唐諾，你知道我怎麼也揮之不去。我已經老了。我的玩意兒落伍了。」

我說：「你應該是在——」

「是的，是的。」她說，臉上露著笑容：「我應該在墨西哥市，而且要到那邊的鄉下去，再也沒有人會找到我。是不是，唐諾？」

「我不知道。」我說。

「我從來也不喜歡這個主意。」她自認說：「但是人哪能所有事都理想的呢？不過，你要知道，人不為己、天誅地滅。」

她一面說，一面很自然地向屋裡走了進來，我只好把門關上。

我說：「奚太太，你現在熱得像隻火爐的蓋子。宓警官派出了三十個警察在找你。假如你留在這裡，他早晚會找到你的。」

她向我笑笑說：「他找到我，你最不喜歡了，是嗎？」

我仔細地想應該怎樣回答她，我說：「對我倒無所謂，但是顯然有人會非常不樂意的。我想你也不會喜歡，因為他們會叫你很難堪。」

「我是會很難堪，」她說：「我知道。」

她自己坐下來，對我笑笑。

「當然，」她又說下去：「我知道你會更難堪，唐諾。我也知道，在你後面支持你的人，會因為警方找到我而非常不方便。所以，你和你的朋友應該想辦法，不要使我被警察找到。」

「只要你在國內，他們是一定找得到你的。」我說。

「你最有腦子，你肯幫我忙，他們就不會找到我。」

「你要我來幫你藏起來？」

她說：「我只要你不讓警方找到我。我還要不斷的和你聯絡。我很會用我的鼻子，我的鼻子會嗅鈔票，就好像大獵犬能嗅到脫跑的犯人一樣。」

「你要什麼？」

「我要去墨西哥，但是我先要錢。」

「多少錢？」

她笑著說：「越多越好，唐諾。你說呢？多少？」

「你心裡有一個底嗎？」

她說：「我得過一萬元，其中我拿了五千元，五千元還了他們。我實在不應該還他們。」

「為什麼？」

「我應該把那五千留下，另外要兩萬五千元，我想他們還是會付的。」

我說：「你現在的做法等於是敲詐。」

她溫柔地笑道：「是有點像，不是嗎？」

「沒錯，是敲詐，可能會滿嚴重的。」

「人生嘛，很多事都可能會嚴重的，但是機會來的時候也該賭一賭。」

我說：「有人又給你錢叫你去墨西哥市了？」

「是的。」

「你知道是什麼人給的錢嗎？」

「當然，唐諾。凡是給我錢的，我都知道是誰。」

「那你最好再和這個人聯絡，說你再要錢。不必來找我，我沒有辦法幫你忙。」

「我想你能的，唐諾。」她說：「我認為經你來做，比我自己做好得多。我想你可以幫我說服他們。我說過，我的鼻子嗅到鈔票，而且，嗅到你去替我取最好。」

「你怎麼會知道這裡的？」

「我從旅館裡跟你來的呀。你真夠詭的，旅館裡有個房間，但是不睡在裡面。不過你也不能那麼大模大樣。我不是偵探，開車技術又差，但是一路跟你過來，一點困難也沒有。」

我用手帕擦擦前額。

門上有敲門聲。

奚太太驚慌地看著我說：「這個時候還有什麼人會來。你在等客人嗎？」

「你不是找來了嗎？你能的別人當然也能。」

她說：「我要躲一躲。這個壁櫃怎麼樣？」

我搖搖頭：「我不準備讓你躲在這裡。據我看來，外面在敲門的多半是警察。奚太太，他們到東到西在找你。」

她說：「唐諾，你給我記著，只要我嗅到了鈔票，我會不停的嗅。我天性如此。」

我大步過去，把門打開。

在飛機上坐我邊上的女人站在門外。

「哈囉，唐諾。」她聲音很好聽地說著，一面自己向屋裡進來。

看到奚太太站在房裡，一隻手握在通門的門把上，兩個女人都停住了。

「好呀，好呀，」她說：「這是什麼？」

我說：「我請教一下，你來幹什麼，算命？」

「算命，沒錯。」她說：「我越來對你越關心，所以決定來和你談談——這一位是什麼人？」

「她只是一個初識的人，」我說：「她自己闖進來問一些東西，我已經把她要的忠告告訴她了。」

我向門口點點頭。

「謝謝你。」奚太太一面說，一面向門口走去。

班太太走到她和門的中間，把手一張，「等一等。」她說。

奚太太停下，向她看看，又看向我。

班太太的眼睛瞇成一條縫。「喔，喔。」她說：「我懂了。我現在懂了。真是好極了，好極了。」

房間裡緊張得完全沒有聲音。

我說：「不要亂做猜測，密昔司……敏妮。」

她看著我說：「你真聰明，是不是？」

我沒開口。

她說：「你差一點叫出我的真姓來了。我應該知道這一點時間足夠你知道我是什麼人了。不過我手上王牌很多。事實上我有足夠的好牌，可以做大滿貫了。」

她幾乎滿足得像在唱了。

「洛杉磯警局在找你，因為你藏匿了一個混入撞車脫逃案的女人。你不肯告訴警方她在哪裡，你一口咬定不知道她在哪裡。」

她轉向奚太太說：「我聽到他叫你奚太太？」

奚太太無助地看向我。

「我也聽到，」敏妮說：「你想要錢。你說你的鼻子嗅得到鈔票的味道。老實說，親愛的，假如你鼻子不錯，可以嗅到錢，你就跟我來。因為我們兩個可以一起嗅一嗅。」

奚太太的臉亮了起來：「你不會把我交給警察吧？」

敏妮大笑出聲地說：「你是整副牌裡的一張愛司。你的鼻子最後才嗅對了地方，好多好多鈔票。」

「是你的？」奚太太問。

「馬上就會是我的。」敏妮說：「你和我可以一起去拿。」

「我還是不太懂你意思。」奚太太說。

「省點勁，你不必懂。」班太太說：「你只要把你的故事告訴我，把你的王牌交給我。我們兩個的牌合在一起，可以吃光他們，都是鈔票。而且，多的是鈔票。」

「值兩萬元？」奚太太問。

敏妮大笑，「給你名下十萬元，假如你聽我的話去做。」

奚太太亮出可愛的笑容。「親愛的，」她說：「你敲門的時候，我差一點怕死。你一進來，我的鼻子又癢了。我想我們兩個合得來。現在去哪裡？」

「去一個可以談話的地方。」敏妮說：「去一個可以和我律師見面的地方。」

「是個好律師嗎？」奚太太問。

「最好的。」

「他能讓我在洛杉磯沒有麻煩嗎？」

敏妮笑著說：「目前你是在內華達州。我的律師關係極好。假如你不自動放棄別人引渡你的權利，你可以在內華達住一輩子，除非你在加州犯的是謀殺案。」

「當然不是謀殺罪。」奚太太說：「只是……一種欺騙。」

敏妮笑道：「走吧，親愛的。我要你去見一個好律師。我們聊天的機會多得是。」

她把門打開，向我笑著：「唐諾，祝你晚安。」

門碰然關上。

壁櫃打開。卜愛茜，臉色蒼白，有點驚怕地說：「這是不是你預期的，唐諾？」

「這，」我告訴她：「完全不是我所預期的。」

「現在怎麼辦?」卜愛茜問。

「現在,」我說:「你帶了錄音機、筆記本,回你自己的房,把通門鎖起,好好去睡一覺。不論什麼事、什麼人,前門及通門一律不要去開。我要來的話會叫你。沒有聽清楚是我,或是我尚未到門口,都不可以先開門。」

「唐諾,你去哪裡?」

「我要出去,還有點事弄不清楚。」我說。

她走近我,用手抓住我的手:「唐諾,事情是不是很嚴重?」

「嚴重到我不太敢想像。」我說:「宓善樓要整我反正已經足夠了。目前顯得我笨拙地欲蓋彌彰,看起來非常不利。」

她把腳尖踮起來,給我一個吻。「唐諾。」她說:「記住你還有我,和我的信心。一切都會轉好的,要有信心。」

「沒錯。」我說:「目前我們在谷底,再壞也壞不到那裡去。謝謝你的鼓勵。」

我也給她一個吻。

「你一定要出去嗎？」她問。

「這是一定的。」我說：「我不但要行動，而且要快快的行動。」

# 第十六章　手中王牌

從最近的公用電話亭，我打艾律師給我的夜間聯絡電話。

他的聲音顯得他是被我自睡夢中吵醒的。

「醒來，」我說：「火燒眉毛了。」

「什麼事？」

我說：「敏妮發動了。她手裡王牌太多了。」

「該死的，唐諾，」他生氣地說：「我告訴過你，離她遠遠的，不要去逗——」

「我沒有去逗她，」我說：「是她跟蹤我，算計了我一下。」

「你根本不必和她說話。」

「我沒有和她說話。」我說：「是奚太太和她說話。」

「什麼，什麼太太……你說什麼呀？」

「我說奚太太。」

「她不是在墨西哥嗎？」

「是你在這麼想。她來找我想敲詐我。正在這時候敏妮走了進來。」

「奚太太現在在哪裡？」

「在和敏妮的律師談話。」我說。

「老天，」他幾乎絕望地哀嚎著：「這太慘了，我們玩完了。」

「你放棄了？」我問。

「班太太要是真掌握了奚太太，」艾律師說：「我們實在沒有交手的資格了。倒不如投降乾脆。」

「既然如此，」我告訴他：「叫醒你的當事人，叫他躲起來，什麼話也不要說。」

「我馬上到拉斯維加斯來，」他對我說：「一切等——」

「你要來這裡，你就會被逮捕。」我告訴他：「敏妮的律師在這裡警方很有勢力。她選了最好的律師。」

「那我怎麼辦？」他問。

「從你剛才所持有的看法，你最好去休假。」我告訴他：「你已經沒有鬥志。顯然你一路風順沒有碰到過逆運。你最好休息一下，暫不見客。」

「你也溜走？」

「老天，行嗎？」我說：「我本來在海裡。我要一個人在這裡面對現實。我還有百分之一的機會，會找到個救生圈。」

「你能救你自己就自己救，儘量少牽連別人，事完之後要點錢沒問題。」他說：「老天，我真沒想到會變成這樣。我看我自己也混進去，難以脫身了。」

「你是不容易全身而退了。」我告訴他事實。

「我們會想辦法買通她。」艾律師說，停了一下，稍稍有希望地又說：

「反正她要的只是錢，而我們各人都有事業要考慮。」

「你的當事人有多少錢？」我問。

「不少。」

「他願不願意把每一毛都給敏妮呢？」

「放心，不會那麼糟。即使所有我當事人對她不貞的證據都落到她手上，她——」

「她現在的興趣已經不是不貞了。」我告訴他：「她現在手上的證據是謀殺案了。」

「那有什麼辦法。」艾律師停了一下，又說：「我的當事人自作自受。我總替他盡了全力了。假如他被捕，他只好認命。他也賭過了，輸贏是天意。」

「你有多少身家？」我問。

「我？」他問：「和這件事有什麼關連？」

「別小看了敏妮。」我說。

「你——你不會是說……」

「看看這件謀殺案的情況。」我說：「看看法律書上對於事後幫兇是怎樣解釋的。」

他在電話對面研究了很久。

「我的老天。」他說。

我把電話掛斷。

# 第十七章　不倒翁仙蒂

我開車到我的旅館，掛個長途電話給洛杉磯警局的兇殺組。我說這是十分緊急的事，必須立即聯絡宓善樓警官，說我有個火熱的情報要告訴他。我得到了一個晚上找得到他的電話號碼。

善樓顯然是在熟睡，接電話的時候還在惱怒。

「哈囉，善樓。」我說：「這是你的好朋友，唐諾。」

「你……你小不點的混蛋——你，你什麼朋友不朋友——」

「別急，警官，」我說：「你想不想和奚哈維太太談話？就是那件撞人脫逃案中受傷的那位奚哈維太太。」

「你要幹什麼？」他在電話中吼道：「半夜三更把我從床上拖起來，嘲笑——」

「她目前在拉斯維加斯，」我說：「假如你立即來，我可以帶你去見她。」

「什麼？」

「我已經說過了。」

「你在哪裡？」

「拉斯維加斯。」

「她也在？」

「我是這樣說的。」

「為什麼你突然改變計畫了？」

「我哪有什麼改變計畫。」我說：「我始終是站在法律和秩序這一邊的。但是你們曲解了我的動機和事實。我承認有兩個聰明人想利用我。他們欺騙我，但是——」

「你住哪裡？」

我把旅館名字告訴他。

「等在那裡，不要離開。」他說：「假如你真騙我，你是自作孽。我會把你打碎，把你塞進碎肉機裡去。」

「善樓，你憑良心說，我有沒有騙過你？」我問他。

他猶豫地說：「至少你拚命試過。」

「沒有，從來沒有。」我說：「我試著拚命保護我客戶。但是每次給你的消息，都是對你大大有利的。」

「好，」他說：「我再聽你一次，陪你玩玩。」

「不要告訴任何人我打電話給你。」我告訴他：「你馬上來就是了。」

等他掛斷了，我打電話給白莎。

柯白莎最恨晚上電話吵醒她。

「哈囉，」她在那邊咕嚕著：「什麼人也不看看時間……」

「白莎，我是唐諾。」我說：「快，快乘第一班可能班機來拉斯維加斯。我要你乘第一班可能班機，快。我才和宓善樓通過話。他多半在你可能上機前，就會到這裡了。不過你盡快就是了。」

「拉斯維加斯，你這混帳到拉斯維加斯去做什麼了？」

「為了解救你自己的困難，」我告訴她：「你最好自己親自來參與。再說這裡說不定用得到你這一套。」

「去你的，我不來。」她說：「我不會半夜不睡覺，玩空中飛人，飛來飛去為的是救你的老命。這次是你自討苦吃。我打一開始就告訴過你，這是你的孩子，該由你來換尿片。現在是你換尿片的時候了。」

「好，這是我的孩子，但是坐在你的大腿上。」

「我們合夥關係結束了，拆夥了。」她說：「你告訴過我，記得嗎？」

我告訴她：「那麼我可以把五萬元費用放我自己口袋，對嗎？」

「什麼費用？」

「五萬元聘僱費。」

「你瘋啦？」

「我是沒有瘋。」我告訴她。

「你說你在哪裡？」

我把旅館名字告訴了她。

她猶豫了一下，說道：「好，我就跑一次，最好你是有理由要我跑的。」

「絕對有理由。」我告訴她：「非常有理由。」

我掛上電話，向床上一躺，怎樣也睡不著。

善樓一定是弄到了包機，天尚未亮，他已在敲門了。

「好了，小不點兒。」我讓他進來時他說：「奚太太怎麼回事？」

「要見她嗎？」我問。

他點點頭。

「好，我們走。」我說。

我把他帶進我租來的汽車，開到奚太太租的小屋。

我們重重地敲門。

一度我心中有點懼怕，但是立即我們聽到裡面有聲音，過不多久，門被打開。

「哈囉，奚太太。」我說：「這位是洛杉磯警察總局的宓善樓警官，他一直在找你談談。」

「找我？」她說。眼睛大大的，假裝是十分訝異。

「是的。」

善樓說：「在洛杉磯，你被人撞倒過一次？」

「喔。」她想起來了，看看善樓又看看我。

「我們要進去，」善樓說：「我們想和你談談。」

「我，我沒穿衣服。」

「你的罩袍不是在身上嗎？」善樓說：「這樣可以了，我們不是來看選美的。我是公事來調查撞人脫逃案的。」

善樓大步向公寓走進去，我不聲不響地跟進。

還是我上次來過一樣的一間公寓，進門還是簡陋的起居室。只是這一次房間有一張壁床已拉下。經過床鋪，可以瞥見一個極小的廚房。

善樓把自己坐在室內最舒服的一張椅子上，我只好自己靠床沿坐下。

奚太太站在那裡，看看我，看看善樓。

「好了，」善樓說：「你開口吧！」

她說：「我先要去一下洗手間。」

「可以，手腳要快一點。」善樓說。

奚太太走進洗手間，把門閂上了。

善樓看著我對我說：「我把你估錯了，以為你在耍花招。」

「如假包換。」我告訴他。

「最好是這樣。不過千萬別誤會了，除非你沒有犯法，否則不論你幫了我什麼忙，你總是要受處分的。你老走法律漏洞，太多次了。多走夜路，這次你可遇到鬼了。」

我說：「是有人利用了我。我要先弄清楚，才能一五一十告訴你。我至少有一個好處，從來沒有告訴過你一次不正確的消息。我告訴你的都兌過現。」

他從口袋拿出一根雪茄，說道：「讓時間再給你考驗，賴。」

我們坐著等，善樓看著我，深思著。

「小不點，」他說：「我不知道你這次玩什麼遊戲，只要你沒騙我，我就跟著你玩。」

「謝了。」我說。

「你打電話給我的時候，我幾乎可以確定你是在玩捉迷藏。但一眼看到奚太太，我知道你和她沒有預先串通好。至少她是不知道我會來的。」善樓說：「這些丹佛的該死警察，硬說董的車子車禍那天下午在丹佛。他們該臉紅。唐諾，你知，我知，車禍是這輛車，沒問題。」

「我知？你知？」我問。

他雙眉一蹙，說道：「不要來那一套，小不點。否則我又要重新冒火了。」

我不吭氣。

他一個人咬了一陣雪茄。

「整個案子，始終有點不對勁。」他說。

我不出聲。

「嗨，」他說：「這女人在洗手間，太久了。」

他自椅中一下站起來，敲著洗手間說：「好，快一點。」

沒有回音。

善樓突然驚愕地看向我說：「她總不會穿這衣服從廁所窗口爬出去吧？」

抽水馬桶排水聲自裡面傳出來。

善樓輕哼了一聲，回來坐下。

又靜了一陣。

善樓終於又站起來，走到洗手間門口說：「出來吧。」

她說：「我不想出來。」

「出來！」他告訴她：「你在裡面太久了。」

「我還沒準備好。」

善樓大聲敲著門。「把門打開。」他說。

「我告訴你我不想出來。」

善樓臉紅了。「你想搞什麼鬼？」他問：「快出來。把門打開。」

「等一下。」她和善地說：「我會開門的，不要催我。」

善樓回過來坐下，用不豫之色對著我。

我說：「她在裡面快十分鐘了。」

「怎麼樣？」善樓問。

我聳聳肩膀。

我們又等了兩分鐘。

「有人坐在廁所不出來。」我問：「警察手冊上有沒有講應該怎麼處理？」

「講雖沒講，不過我來給你看怎麼處理。」他站起來，走到洗手間門口，說道：「開門。」

「馬上好。」

「開門！」善樓說。

「我還沒有弄好。」

「你最好開門。」善樓說：「否則我要踢門進來了。」

「你敢！」她說：「我有權上廁所，我——」

善樓退後一步，用左腳站地，伸出右腳，一腳踩在門閂部位，洗手間門沒有被他踩開。

門在顫抖。

「出來，」善樓說：「否則我進去拖你出來。」

「我告訴你，我現在不願意出來。」

善樓再一次用左腳站定，右腳拚命一踩。

門一抖，木頭裂開的聲音，然後門向後一開，撞上牆上，大聲地搖動。

奚太太！站在那裡，罩袍還在身上，兩眼看向開著的窗外，窗子離地有八呎。

「不要想跑。」善樓說。

「你竟敢這樣。」她說：「你怎麼能這樣對我無禮！」

「你在裡面已經十五分鐘。」善樓說：「這些時間要做什麼，都可以做十次以上了。我不要兜圈子，我要事實。現在你給我出來。」

她又向開著的窗口看了最後一眼，自己走了出來。

善樓又坐回到他那張椅子，向一張直背椅一指，叫奚太太坐下。我還是坐在床沿上。

善樓面向她移動一下椅子，把雪茄忽左忽右的咬著。「那件撞人脫逃案子到底怎麼回事？」他問。

「什麼撞人脫逃？」

善樓說：「你控訴有人撞了你逃掉了。」

「我實在是不對的。」她說。

善樓把眉毛蹙了起來。

「事實上，大部分是我的錯。」她說：「我轉頭在看一件東西，但是人還是在向前走。是我撞上那車子的。」

「你是在行人穿越道上走？」

「是的。」

「來車有開得多快呢？」

「我不知道。」她說：「我回想好像那輛車已停住不走了。」

「什麼？」善樓怪叫道。

她點點頭，轉向我說：「我抱歉，我佔了你的便宜，唐諾。雖然你是個好人，但是現實總是殘忍的，人總是自私的。」

「你說車停住，沒有在走，是什麼意思？」善樓問。

「我沒有說車沒有走，我說好像沒有走。」

「你當初可不是這樣對警察說的。」善樓說。

「警察沒有給我機會講。他們看到我是在行人穿越道上被撞，就自己認為車子是在動的。」

「你是被撞倒的？」

「我也許自己去撞到了車子。我不知道。我在走，突然肩部撞到了。之後就是一大堆人圍著我，有人在大叫，叫要救護車。而——」

「那車呢？」善樓問。

「車子走了。」

「那這就是撞人脫逃。」善樓說。

她仔細地想了想，「我想稱之謂脫逃是可以的。」

我問：「你有沒有把姓名、地址，告訴開車的人？」

「沒有，為什麼？」

「但是你乘救護車離開了？」

「是的。」

「有這個必要嗎？」

她狡猾地笑笑說：「唐諾，老實說我就怕你問這個問題。我也不準備回答你這個問題。我是一個無助的寡婦，我要自己照顧自己。」

善樓低低咕嚕了一下。

「法律是很奇怪的，」奚太太說：「法律說開車的人撞了行人，一定要停下車來，幫助被撞的人。但是法律沒有規定行人撞了開車的人，要停下來，幫助他。至少我沒見過這項規定。」

「你看過法律規定了？」

「總有人看過就是。」她說。

「你讓這位賴唐諾，用一萬元和你做了妥協，是嗎？」善樓問。

「等一下，」她說：「完全不是那麼回事。這件事請賴唐諾解釋，會比較清楚一點。」

「我要你來告訴我真正的事實。」

「賴唐諾來找我。起先他說他是推銷雜誌的。我告訴他我出了車禍。他說他認識一個朋友，有的時候那朋友會把車禍的控訴權買下來，由他來控訴。有時候可以賺不少錢。我就告訴他，我倒滿有興趣的。」

「你的意思是他給你錢，之後你就不再控訴了。」善樓問。

「老天，你弄錯了。」她說：「完全不是如此。正好相反，他買下權利，就是要控訴，要從裡面弄點錢出來。」

善樓不再看她，開始看向我。「小不點，我要知道，」他思慮地說道：「我又開始嗅到臭味道了。希望你的手是乾淨的，否則你只好自己去舔了。」

「今天發生的，我沒插手。」我說：「她說的也是真的事實。我告訴她我不是保險公司代表，我也告訴她我不是去做妥協的。我告訴她我有個朋友，常把這種車禍控訴權買下來，從中取利。」

善樓生氣地說：「玩得很小心，是嗎？」

「當時她的說法，假如查得到開車的人，這筆生意不壞。」我說。

「嗯，原來如此。」善樓說：「極巧極巧的是，你去取錢的人家，正好是有這輛撞人車子的人家。真巧，是嗎？」

門上響起非常堅決的敲門聲。門外一個男子的聲音說：「裡面開門呀。」

奚太太第一個敏捷地跳起來，把門打開。

一個男人，肩部寬寬的，厚厚的脖子，紅臉，眼白有紅絲，褐眼珠，下巴有點翹出，看起來像個拳擊手，站在門口說：「這裡在搞什麼名堂？」

善樓站起來，面對他，把雪茄咬成一個尖端向上的挑釁姿態。「我先問你是幹什麼鬼的？」

男人說：「是富馬文。我是執業律師，我代表這裡的奚太太。我要知道這裡在搞什麼名堂，尤其要知道你是幹什麼鬼的？」

宓善樓說：「我是宓警官。」他自口袋拿出一只皮製的皮夾，把警章向富律師亮了一下。

「等一下，等一下。」富律師說，阻止善樓想把有警章的皮夾放回口袋去。

富律師把皮夾拿過來，仔細看著警章說：「嗯哼！洛杉磯，嗯？」

「是的。」善樓說。

「我不知道洛杉磯市區擴展到內華達州來了。」富律師說。

「沒有。」

「那你是跑出了管區了。」富律師說。

「我在調查一件案子的一個線索。可靠的線索。」

「正確的做法是，」富律師說：「會同管區警察單位，由管區負責，兩人一起行動。」

「時間來不及這樣做。」善樓說。雪茄咬在嘴中的角度下垂了三度。

律師大轉身，誇大地迴旋向我：「你又是什麼人？」

「姓賴，賴唐諾。」我說。

奚太太說：「他是昨晚很晚的時候我告訴你的人。大律師，他就是給我鈔票，叫我簽張字條，收購權利，由他來控告任何撞我的人，或是——」她笑笑地說：「我們曾經撞過的人。只是當時我沒有這樣對他說。」

富律師說：「奚太太，你的字條說你會一直在廁所等我來的。」

「他把洗手間門踢了下來。」她說，右手食指指向善樓。

「他幹了什麼？」富律師問。

「把門踢壞了。」

「讓我來看一看。」

她帶他到洗手間門口，指給他看踢裂了的門框。

「真是胡作非為。」富律師講。

「讓我們來看看，原來這裡發生了什麼事。」善樓對奚太太說：「你跑進廁所，打開窗子，拋了張字條出去，是嗎？」

她臉上有光地笑了：「沒有錯。我有權要我的律師來。所以我拋一張紙條出去。一個非常可愛的小女孩看了條子，向我點點頭，表示她懂了。一定是她去打電話代我通知到富律師的。」

善樓的臉，現在有點烏嗒嗒的樣子。他從她看向富律師，又從富律師看向我。

「這件事，你參與到什麼程度，小不點？」他問我。

「我告訴過你我的立場。我只是告訴你你要的消息，其他的發展我完全不知道。是你讓她跑進洗手間，把門閂起來的。」

「你有什麼罪要控告我的當事人嗎？」富律師問善樓：「我是說，在洛杉磯。」

「我沒確定，」善樓很小心，一面在想一面說。突然，他一下轉向奚太太說：「你以前有沒有其他撞人脫逃的案子？」

「我——」她猶豫地：「我——」

「不要回答這個問題。」富律師說：「你不一定要回答。」

現在又輪到善樓蹙眉深思了。他咬著雪茄慢慢地說：「好像，我想起一件事。」

善樓再把眉毛蹙得更緊一點，又沉思了一下，突然，他又轉向奚太太。

「你叫什麼名字？」

「奚哈維太太。」她說。

「這是你先生的名字。你是一個寡婦？」

「是的。」

「你自己的名字叫地仙。地上的大仙，是嗎？」他突然地問。

她，一本正經，怕有失身分地說：「我的名字是仙蒂。」

慢慢的一縷微笑爬上善樓的臉。

「我明白了。」他說：「不倒翁仙蒂，又稱地仙，出了名的人物，你的專長就是在行人穿越道上翻觔斗，然後報警說有人撞人脫逃。」

善樓轉向我，有點高興地微笑著。「看來你懵懂一時，被人耍了，唐諾。」他說：「中了老掉牙的假撞車了——不過，等一下，等一下。」

善樓把兩隻腿分得開開的，把下巴戳出，咬得雪茄吱吱響，臉上笑容仍在，只是有些輕蔑的成分。「看樣子，我們開始要把這件案子弄明白了。小不點，我告訴你一件事，也許你這樣聰明的人，這次真的受騙了。也許你是整個騙案的導演。不論怎麼樣，這件事的編導，這一次，一定是要很倒楣，很倒楣了。」

富律師說：「在你自己還沒有很倒楣之前，我建議你早點離開這裡。以後你出來辦案，要注意到管區的尊嚴性，而且應該對別的管區有職業上的尊重。」

善樓對他說：「放心，我要是有什麼事要請教你的，我自己會開口，目前我做我的，還不到向你攤牌的時候。」

他走向電話，拿起來，接通總機說：「給我接飛機場。我是宓警官，接飛機場就可以。」

過了一下，他問：「下一班飛機去丹佛幾點？」

他蹙眉，看看手錶：「早一點沒有？」

他猶豫了一下，他對電話說：「給我登記一個位置。洛杉磯總局，宓善樓警官。」

善樓砰一下，把電話放下，對富律師說：「我們的帳以後再算。」

他又轉頭向我。「假如你真的付了一萬元現鈔。」他說：「我可能饒了你。但是假如這只是紙上作業，話說就算了，表示你是幕後導演，看我剝你皮。」

「我是付了一萬元現鈔。」我說。

「為了白莎，希望你說的是實話。」說著，他走了出去。

富律師把門為我打開，說：「賴先生，我看你也沒有在這裡待下去的理由了。」

我走出來。

# 第十八章　三氯乙醛安眠劑

我把租來的車開到我租的汽車旅社，把門打開走了進去。

我看看通往愛茜房間的門，門是關著的。

我走進浴室，洗個臉，洗洗手，精神好了不少。

案子又開始快速地運轉了。我的經驗，只要在運轉，比在不良情況下膠著，要好得多。只要在動，有破綻的機會就多。手腳快，眼睛明亮，就可抓個正著。但是在凍結的情況下，對不利的一方，會越來越壞。

我走向通往愛茜的門。正準備敲門，我這邊的房門上響起了小心的敲門聲，聲音不大，幾乎有點神秘的樣子。

我猶豫了一下。這會是什麼人？

敲門聲又起。

我走到門旁，打開一條縫。

班敏妮站在門口。

「哈囉！唐諾。」她說。聲音中充滿糖蜜。

「喔，哈囉。」我說。

我好像聽到我身後有東西在移動。

「唐諾，我能進來嗎？」敏妮問。

「你和誰在一起？」我問。

「只有我一個人。」

「你的律師呢？」

「喔，你見過他？」

「你知道我見過他。」

「我想，他是在辦公室。」

「那些王牌呢？」我問：「還都在手裡嗎？」

「唐諾。對這一點，我希望和你談談。」

「那就談吧。」

「這樣怎麼談法？」

「請進來。」我邀請道。

她走進房來。

「你動作好快。」她說。

「是嗎？」

「你見到風就是雨，根本沒有給別人一個說話的機會。」

「你現在不是在說話嗎？」

「唐諾，有的地方我沒有你幫忙不行。」

「真的？」

「真的。」

「你不是說你的王牌已經夠做大滿貫了。大滿貫是要通吃的。」

「問題就在這裡，」她說：「我手裡的牌太好了，不知拿什麼做王牌最好。應該從什麼方向進行，我想你知道。」

「多說一點，讓我知道你的困難。」我鼓勵著。

她問：「你知道我是什麼人，對嗎？」

「是的。」

「在飛機上，我坐在你邊上時，你知道我是誰嗎？」

「我有這個懷疑。」

「怎麼會呢？是什麼地方露了馬腳？」

「你的衣服，你的儀態。你故意坐我邊上，你的接觸方式，所有的一切。」

「我衣服怎麼樣？」

「衣服華貴，不是私家偵探或是公家機關的人穿得起的；散發著鈔票的味道。」

「我還把我大的鑽石戒指藏了起來呢。」她說。

「我知道這一點。」我告訴她：「手指上的印痕清楚得要命。」

「這樣也好。」她說：「你知道我是誰，我知道你是誰，我現在需要你幫忙。」

「怎麼幫法？」

「以前你有別的工作。這件工作做完了，現在你可以替我工作了。」

「什麼樣的工作？」

「我的丹佛律師在為我爭離婚時候的財產分割。我看他能辦的有限。假如我能證明我先生對我不忠，假如我能找到那個女人，我可以多分好多好多鈔票。」

「多分多少？」

「多分好多。」

「要我做什麼？」

「說話。」

「我說不出什麼對你有用的話。」

「不能還是不願意？」

「不能。」

「是因為你不知道，還是因為職業倫理不能洩漏？」

「我是說，我不能告訴你對你有用的資料。」

她向我走近，把手放我肩上，對我說：「唐諾，我承認在飛機上向你開個玩笑。我要和你說話。我以為給你一個瞇眼你會倒向我的陣營。

「不過目前我一手王牌，必須你告訴我進行方式，才能變為鈔票。

「你很年輕，你為鈔票工作。我會給你鈔票。」

我搖搖頭。

「當然，」她嫵媚地說：「你也可以遠地去求發展，南美洲、歐洲、環球旅行。見到各種女人，或是多看看我。」

她走得更近一點，又說：「你是聰明人，懂我的意思嗎，唐諾？你自己決定。」

「怎麼給別人解釋？」我問。

「為什麼解釋？」她說：「我們兩個講通。我立即離婚，拿到錢，你高興的話，第二天我們就一條船旅遊去了。當然你換任何朋友我都不管你。你高興的話，我什麼都陪你，唐諾，你怎麼說？請你說呀。」

她的雙臂現在抱住我脖子了，她又說：「唐諾，你不能一輩子做奴隸賺兩個小錢。你有的時候也應該把握機會，做個正常人。我從第一眼看到你就覺得你不錯。我蠻喜歡你的。我在想——」

從壁櫃裡發出來的聲音，是抑制性的噴嚏和哽住的咳嗽聲。此時此地，真像個霹靂大雷。

班敏妮突然跳著離開我，好像忽然知道我有痲瘋病。她跨了四大步來到壁櫃前面，一下把壁櫃門打開。

卜愛茜坐在裡面，手裡拿了塊手帕，摀在嘴巴上，眼眶裡尚有淚水，錄音機在轉，速記本在她大腿上，上面全是符號。

班敏妮大聲叫道：「這是什麼意思？」

我急急向愛茜眨上一眼，跟著叫道：「老天！我太太。」

「你太太！」敏妮說。

「老天，愛茜。」我說：「你怎麼會找到這裡？你在裡面多久了？」

我又給她眨一下眼。

愛茜得到鼓勵，演她應演的角色。她平靜地站起身，尊嚴地說：「夠久了。我就聽說你在這裡和一個有錢的離婚女人不清不楚。」

她側身躕足，把錄音機拿在手中，把它放在倒帶位置把帶子倒轉到底，連機和帶往皮包中一抛，把速記簿合攏，鉛筆夾在簿子中，把下巴向前面空氣中一抬，走過房間，從前門走了出去。

敏妮滿臉驚恐的站在那裡。「你沒有告訴我，你結過婚了。」她說。

「你沒有問我呀。」我告訴她：「你會看手相，你看過我手相，你看不出來？」

「不要耍聰明，賴唐諾。我根本不知道你結過婚。」

我聳聳我的肩。

「她錄下來的錄音帶準備做什麼用？」她問。

「也許告我不貞要離婚，但你算是關係人。」

「我和這件事沒關係呀。」她說。

「這要看錄音機錄到多少，也要看愛茜形容你當時的位置、表情。法官對必須自己躲在壁櫃裡收集證據的太太，會相當同情的。不要怕，這只是個離婚案。」

「老天，」敏妮說：「真是亂得一團糟。」

她走向電話，撥了一個號碼。對電話說：「馬文……我想你最好親自來一下這個我告訴過你的汽車旅館。我好像走進了一個陷阱去了。」

她自電話上抬頭向我生氣地看著，又說：「至少，我懷疑這是一個陷阱，我要你來一下，立即來一下。」

她把電話掛上。

她看著我說：「好了，你太太走了。錄音機也走了，現在沒有人打擾了。我老實跟你說，我先生一直對我不忠實。我知道有證據可以證明他不忠實，我要這個證據。」

「你怎麼知道有證據呢？」

「我——我知道。」

「我說老實話，是有實質證據的。」我說。

很短促幾下敲門聲，接著門就被推開了。

宓善樓站在門口。「好了，小不點。」他說：「我們走。」

「去哪裡？」

「洛杉磯……這是什麼人？」

「班太太，」我說：「請容我介紹我最熱情的好朋友，洛杉磯警局的宓善樓警官。」

她把一切表情收起，冷冷地說：「你好，宓警官。」

善樓看向她，說：「班太太，我正想和你談談。」

「她的律師正在來這裡的路上。」我說：「我想你見過她的律師。他姓富，相信叫富馬文。」

善樓在喉頭殺豬似的咕嚕了幾聲。

敏妮站在那裡，兩眼看定了善樓，一時移不開。

善樓說：「走，小不點，我們馬上走。」

「怎麼走法？」

「包機，噴射包機。」

「去哪裡？」我問：「丹佛？」

他搖搖頭。「去洛杉磯。」他把雪茄在嘴裡換一個位置說道：「為這件事，我願意把整個警力投入，也必須徹底弄清楚它。這裡面有人在搞鬼，而我最不喜歡別人搞鬼。這個不倒翁仙蒂，自以為拉斯維加斯有個律師可以好好保護她，不過除非她肯把我要的消息全告訴我，否則我要弄一大堆加州的通緝令，再申請引渡她到加州來。到時我要她特別的好看。」

我看向敏妮。一開始她有點驚慌，現在她全力在看手錶。

我想了一下，對善樓說：「你要在這裡等一下，見見她律師，還是現在就走？」

「現在，」善樓說：「現在就走。」

我們走。

我認為在飛機上善樓一定會兇巴巴的向我問個不休，但是他坐在那裡，咬著雪茄，什麼也沒有說。

「什麼意思？」腳踏到洛杉磯機場的時候，我忍不住問道。

「我現在已經回到自己的管區。」他說：「丹佛可以來找我，拉斯維加斯也可以來找我，我不必去找他們。」

「你要什麼？」

「我還不知道，小不點。」他說：「我知道你是重要的一環，但是目前我不知道從你那裡要什麼東西。也許你是朋友。或者你想表示你是朋友。假如你是如此，我放你一馬。也許你要使詐，那就太糟了。也許——」他把雪茄拿到手中，把菸頭對我一指，說下去道：「你是這件該死案子中的主腦人物，那就糟透、糟透了。你不止失去你的執照，而且你會失去你的自由。」

「現在你準備把我怎麼辦？把我關起來？」

「那倒還不至於，但是每一分鐘我都要知道你在哪裡。」善樓說：「你可以回公寓，去上班，看女朋友，吃晚飯，但是我可能立即要你就要你。假如你不信，可以試試溜走。我再告訴你一聲，我要你的時候，你就要來看我。」

我放心地說：「可以，我會在我公寓。」

我回公寓。

我打電話去拉斯維加斯的汽車旅社找卜愛茜。她已離去。我打電話到拉斯維加斯找班敏妮，她的電話無人應聽。我打電話去科羅拉多州的丹佛市找班阿丁，對方說目前無法找到他。

我說我要找貝蜜莉。

過了一下，她冷冷有效率的聲音接聽道：「我可以給你傳個什麼話嗎？我是班先生的祕書。」

「是的，你可以給我轉告一句話。」我說：「告訴他不必驚慌，他只要不蠢動，保持目前找不到他的情況，一切即將過去。」

「我想你是賴先生？」

「是的。」

「他對我說起過你。」她說：「謝謝你，我會把消息傳到的。」

我洗了個澡，想打個電話回辦公室，決定作罷。我打電話到機場，問班機時間，發現我和善樓離開拉斯維加斯後，就有好幾班班機自拉斯維加斯機場回洛杉磯。

我打電話到卜愛茜的公寓。

沒有人接聽。

我穿上乾淨衣服，為自己調了一杯酒，開始等候。

門上輕輕的敲了幾下。

我開門。

卜愛茜站在門外。

「喔！唐諾。」她說：「唐諾，你好嗎？」

「目前，」我說：「目前還不錯。」

她一下走進房來，用手抓住我手：「唐諾，我真高興，實在高興。我怕宓警官把你帶回來，你會，你會——會有困難。」

「我是有困難。」

她大笑著說：「我是不好意思說進監牢。」

「我沒有進監牢，」我說：「還沒有。」

「喔，唐諾，你——」

沒有關上的門被推開了。

班敏妮站在門口。

她看著卜愛茜說：「我是和你同一班飛機回來的，賴太太。只是你沒有看到我而已。你在經濟艙，我在頭等艙。」

她進來，自顧自地坐下來說：「現在，我們來看看，有沒有辦法解決這件事。賴太太，首先我要告訴你，我真的不知道賴先生已經結婚。」

我把手伸進愛茜的臂彎，說道：「我知道愛茜會原諒我，但這並不表示她會原諒你。你想用性感來買通我。」

「用性及鈔票，」班敏妮說：「這兩件東西，正好是目前我一點也不缺乏的。」

我把愛茜拉近我一點。「不要理她，太太。」我說：「她粗俗得很，我怎麼會看上她。」

「好了。」敏妮說：「我們現在知道這傢伙是結過婚的。對我沒什麼影響。我們把性的關係取消，只來談鈔票。」

「多少鈔票？」我問，把愛茜用兩隻手包著，不使敏妮見到她的臉。

「假如我得到我要的，」她說：「就會有好多錢。」

「你要的是什麼？」

「好幾次要和你說話都被打斷了，我說直話比較快一點，有一個敲詐者，名字叫甘德霖，有阿丁的證據，好多證據。他不幸突然死亡，從此沒人知道證據去哪裡了。」

「沒有人知道？」

「沒有人，」她很確定地說：「我請了一位丹佛律師，到甘先生的住家公寓裡曾仔細搜過。搜公寓的原因是想找有沒有遺囑。我的律師已找到他遺囑，得到他遺囑同意又仔細搜了一次。所以等於仔細搜了兩次，沒有人見到一絲我們要的證據。不過另外有許多證據，證明姓甘的是靠敲詐為生的……

所以，有很多有興趣的可能性發生了。」

「你真的相信姓甘的有你要的證據嗎？」我問。

「當然，這一點是絕對的。」

房門突然又被推開。宓善樓帶了柯白莎，大步走進房來。

「嘿，真有意思。」善樓說：「我們闖門子闖進家庭派對來了。」

「愛茜！」白莎怪叫道：「你在這裡幹什麼？」

愛茜立即從我手中掙脫，雙頰緋紅。

「你沒有來辦公室，」白莎說：「我應該就知道你是和唐諾在什麼地方鬼混。嘿！把我放鴿子放到拉斯維加斯！」

敏妮的臉上，改變了好幾次表情。

「這女人是誰？」白莎問。

「班敏妮。」我說：「本來是住科羅拉多的丹佛，最近是在拉斯維加斯等她六個星期的居住時間。」

宓善樓說：「可以了，小不點。我現在把白莎帶來，主要是要請你說實話了。我們一定要攤牌，希望你也攤。」

我說：「很好，我會的。」

「我想由我來先攤牌，會容易得多。」班敏妮說：「你要證據可以把這個傢伙送進監牢去，我有，我可以拿得到。我想和你交換一點你這方面的合作。」

我趕快也對善樓說：「我也想先攤牌，善樓，把知道的全告訴你。這位班太太，是謀殺甘德霖的真兇。」

「什麼呀？」善樓喊道。

我說：「甘德霖有一些證據，想賣給叫價較高的一方。他先約好了丈夫。他告訴丈夫不可遲到一分鐘。這意思他尚在多少時間後約好了第二個出價者。

「第二個出價者，當然是現在在這裡的班敏妮。

「她遵守他的約會。她當然是約好不可以早到一分鐘的。但是她發現他昏昏沉沉有如喝醉了酒。這個機會太好了，她發現她可以不付分毫拿到證據。她皮包裡帶著一小瓶三氯乙醛水劑——她以前是個護士。

「她餵了那傢伙睡過去的量。」

「有點事情她是不知情的。安眠藥在身體裡是有積聚性的。他睡過去死了。她仔細在他身邊找，就是找不到她要的證據，也找不到甘德霖公寓的鑰匙。她弄不清是怎麼回事，所以她趕快溜出現場，回到拉斯維加斯去找她的律師。」

門上又突然起了重重急急的敲門聲。而後門把一轉，門被打開。

富馬文律師站在門口。

「敏妮，我已經盡一切努力盡快趕來了。」富律師說：「我……」他突然停住，不解地發現房中竟有那麼許多人，而且氣氛那麼緊張。

「你到這裡來是幹什麼的？」善樓問富律師。

「我到這裡來是來代表我的當事人班阿丁太太。我有權知道，這裡發生什麼事了。」

「你說代表她是什麼意思？」善樓問。

「我以律師身分來代表她。」

「去你的大頭鬼。」善樓說：「你是內華達的律師。我不知道內華達的州界什麼時候進了洛杉磯市！你在加利福尼亞州有律師執照嗎？」

「我可以給我當事人建議。」

「試試看。」善樓說：「我馬上逮捕你，說你無照執業，說你冒充法院公職人員，說你違背職業規定。」

我捉住全場暫時短暫發生的靜寂時間，趕快說下去：「姓甘的是個敲詐者，他有證據要賣出去。你和我都知道，他準備怎樣做。他要選一個出價較高的賣給他。他請先生先來，太太後來。甘德霖當然不會笨到把證據帶在身上，但是敏妮卻認為他是帶在身邊的。她給他吃了三氯乙醛，而後——」

「我要告你謠言中傷，破壞名譽，誹謗罪。」富律師說。

我對善樓說：「你不信。她皮包裡現在就有一小瓶三氯乙醛。假如我不和她合作，她準備向我使用的，她以為東西在我這裡。」

善樓目光看向她皮包。

「不准你碰我當事人的東西。」富律師用一隻手指指向善樓說：「你沒有搜索票，你沒有足夠的理由可以搜索。你只是聽到這位先生中傷性的謠言，不能當真。」

善樓猶豫著。

我講：「班太太，假如我們想看看你皮包，你介意嗎？」

「我當然介意，」她說：「事實上，我正準備離開這裡。」

「我沒有問清楚這件事之前，不可以離開。」善樓說。

他轉向富律師：「不過，你可以走了。你在這裡沒有用處，也沒一點好處。你在加州不能做律師，這不是你的區城。正如你曾經說過的，正確的做法是，再聘一個洛杉磯律師一起來，給當地的律師公會一點職業上的尊重。」

「不必你來告訴我，怎樣執行法律。」

「我在告訴你，這裡有我在執行法律。」善樓說：「出去！」

「你什麼意思？」

「簡單，」善樓敵意加到十分地說：「你不明白可以加一個字，滾出去！」

「我的當事人要我在這裡。」

「我把它減成一個字。」善樓說：「滾！」

富律師被他迫向門口。「等一下，」他說：「你不能這樣對我。你不能——」

「為什麼不能，」善樓轉頭對我說：「小不點，這是你的公寓，你有權掏他出去。由你來掏。」

我點點頭。

善樓用左手把門打開，右手一把抓住律師的領子和領結，把他向門外一送。

富律師根本沒有想到他會動粗，在回應過來之前，巨大的身軀不但被推出門外，而且撞到走道對側的牆上。

善樓把門用腳關閉，兩手對拍，好像要拍掉塵土。「我要看一下，你皮包裡有什麼。班太太。」他說。

「你可以回家管你自己的事。」她說：「我要離開這裡了。」

「記住。」我告訴她：「愛茜有支錄音帶。裡面有你的對白，而且——」

「你混帳，」她說。用盡全力，把手抓住她皮包，一個大弧度把皮包摔過來。

皮包上一個粗糙的地方，刮到我臉上，臉上什麼地方流下血來。

我對善樓說：「這下可以逮捕她了。」

善樓說：「用什麼罪名？」

「毆打罪，攻擊罪。」我說：「事實上，我認為她的皮包是可能致命的武器。」

「你肯提出控訴？」他問。

「至少目前你已經有理由把她帶到總局去。」我說：「一旦她到了總局，你一定要把她的東西全部留下，給她一張收據。」

一絲微笑，由善樓臉上慢慢擴張。

班太太向他看一眼，兩手抓著皮包，退一步說：「你這個匹夫，不要想碰我一下。」

「善樓，」白莎說：「授權給我，由我來幫你忙。」

「我正式宣佈，我授權給柯白莎。」善樓說。

白莎伸出一隻玉臂，重量絕不亞於普通人一條腿，抓住敏妮衣服後背，把敏妮摔過房間。

白莎自己像個摔角高手，頭向前，兩臂外張，搖擺向前。

敏妮又把皮包旋摔向前。白莎用力一擋，皮包打開。皮包裡的東西掉出來，都落在地毯上。

白莎伸手制住敏妮，把她手扭到身後束縛住。「有手銬嗎，善樓？」她問。

善樓猶豫著。

「我是正式授權的政府官員代表。」白莎說：「她抗拒逮捕，武力阻撓警官執行公務，本身就是個罪行。」

善樓把隨身攜帶的手銬交付給她。

我低下頭，檢視著敏妮皮包中掉出來的東西。

「看，」我指著一個小藥瓶說：「三氯乙醛，另外一個名字就是安眠劑。」

白莎把敏妮安置在一張坐椅上。「好好坐著等囚車。」她說。

「你要整死我呀！」敏妮說：「那玩意兒銬進我骨頭去了。」

「不要想自己可以弄鬆它。」白莎說：「那玩意兒愈掙愈緊。好好坐在那裡給我閉嘴。」

善樓看看我，問道：「那個姓甘的男人，是不是氯化乙醛致死的？」

「至少解剖屍體的人是這樣說的。」

善樓微笑愈擴大，雪茄也愈向上翹。他說：「科羅拉多州的謀殺案，由加州的警察偵破，也是無傷大雅的事。」

「你聽者，猩猩。」敏妮說：「我們來講講道理。你是在講謀殺案。我給他的劑量絕對吃不死人。我給他的劑量最多叫他昏睡一個小時，你不能說我謀殺他。怎麼能算謀殺？」

「也許不能。」我說：「至少過失殺人會成立的。這對你的離婚案一點幫助也沒有。」

善樓自顧自在猛想。他向白莎點點頭。「你目前還是我的助手。」他說：「幫我把她弄起來。在任何詭計多端的律師來搗局之前，我們要趕快離開這裡。」

# 第十九章　順利偵破

報紙上新聞標題是這樣的：

丹佛女性名流自認

意外殺死敲詐累犯

洛杉磯警局名譽卓著

偵破科州難解謀殺案

內容大致說到，在偵查一個敲詐累犯被謀殺的案件時，一位善意的證人，誤把一輛案發當時不在本州的車號，交付警方，因而延誤了不少時間，也使警方一開始即誤入偵查歧途。這輛車子幸好遇到一位稱做不倒翁仙蒂的職業假撞車者，選中作為叫保險公司賠償的對象，在洛杉磯市區故意撞了一下，想請保險公司賠償損失，因而才有不在場的證明。

駕車的事主似乎決定要庭外妥協，而且由於因禍得福所以不願控告不倒翁仙蒂。雖然仙蒂已被警方證實曾多次使用相同詭計得逞。

報紙甚而提到洛杉磯的宓善樓警官還謙虛地承認，有一家稱做柯賴二氏的當地私家偵探社，曾在這件案子中給他一點幫助，使案子在最後階段順利偵破。

科羅拉多州一直在調查這個敲詐犯的死因，但是可能不會起訴這位女性的有錢社會名流。因為他們認為敲詐犯死亡的原因是「好幾種環境因素引起的」。

女名流的丈夫，是丹佛商界有勢力的生意人，曾出面調停。兩夫婦本因細故進行離婚手續中，初步的財產分割亦已談妥，據目前情況看來有復合的可能性。

丹佛警局期望本案能早日真相大白。依據各方證據證明死者為職業敲詐者，已發現他很多無法無天的陰謀。

我看報的時候，愛茜靠在我背上，從肩上一起看。

她的手圍著我的頭頸。

「唐諾。」她輕聲地說：「你真了不起。」

電話響起。

愛茜拿起話筒，說：「賴先生辦公室……他目前忙著……請等一下。」

她轉向我。

「艾科通。」她說。

我把電話拿過來。

「哈囉，大律師。」我說。

「看報紙了？」他問。

「剛看完。」

「一切控制得好嗎？」

「相當安全。我看到姓班的破鏡重圓了。」

「沒錯。」

「另外一個混在案子裡的女人怎麼辦？」

「她很好。她接受了一筆很大數目的贈與，所以會十分合作。她知道人財兩得在某種情況下是不可能的了。我當然會對她滿注意的——我的意思是注意她福利。」

「是的，」我說：「我知道你的意思。」

兩人靜了一陣，我說：「是你把姓班的藏起來了？」

艾律師說：「當然，你在科羅拉多被他們一逮捕，五個小時之後，他就在墨西哥市了。你以為我是怎樣一個律師？」

「你是個好律師，」我說：「假如你記得你說過你見過大場面，你冒險為什麼的話。」

他說：「我現在打電話給你，就是準備討論這件事。」

「我想班太太可能回到科羅拉多州之後會大事化小事，不過她要引用很多她丈夫在科州的勢力——假如你暫時沒有辦法過來作證，對她將是最最有利的一招了。過了一段時間，你不能過來，大家也急著結案，小事可能變無事了。

「班先生認為你工作忙碌，需要一個較長的休假。去的地方還最好沒有人用電話打擾，或沒有記者出入對本案問三問四的。我奉令給你戶頭裡存進了五萬元現鈔，這是你為本案的花費、獎金及好好度個假期的總數。你當然希望你的祕書跟你去。」

「到哪裡我們可以避免科羅拉多州警方的詢問呢？」我問。

「等一下，等一下。」他急急地說：「我沒有這樣說，這是你說的。」

「多謝。」我說。

「你一定要立即開始休假。」

「我對休假從來不扭扭捏捏的。」我說：「但是把公事放下，說走就走——」

「沒有叫你放下公事呀，」他說：「這就是為什麼我叫你帶你祕書去呀。在阿卡波可你休息的時候，可以由她不斷聯絡辦公室，做你正確的指示呀。把她帶去。」

我把電話掛上。

愛茜一直在另外一個電話上聽我們的會話。她兩眼發直。「五——萬——元。」她說：「白莎知道事情有那麼大變化時，會說什麼？」

我說：「我知道她會說什麼。她會說：『他奶奶的。我就永遠不會瞭解這些性的事情。我們才把這位客戶從他太太親手調製的漿糊裡撈起來，現在他又心甘情願地跳進膠水裡去。性，不成意思的東西。』這——

「就是白莎會說的。目前你這個做秘書的，給我老闆看看，班機直飛墨西哥市，轉阿卡波可，從鐵娃那起飛，是什麼時候。我們從鐵娃那登機。」

「唐諾，我是不是……我真的要……」

「你聽到那律師說的了。」我告訴她。

「我要很多時間來整理行裝——喔，唐諾，我覺得不太對勁。」

「不必整理行裝。」我說：「我們下去停車場，上車，直放鐵娃那，就如此簡單。

「我們到目的地後，請艾律師把消息告訴白莎。這是公事。我們急著去看一位客戶。」

相關精彩內容請見《新編賈氏妙探27 迷人的寡婦》

# 新編賈氏妙探之26 金屋藏嬌的煩惱

作者：賈德諾
譯者：周辛南
發行人：陳曉林
出版所：風雲時代出版股份有限公司
地址：10576台北市民生東路五段178號7樓之3
電話：(02) 2756-0949
傳真：(02) 2765-3799
執行主編：劉宇青
美術設計：吳宗潔
業務總監：張瑋鳳

出版日期：2023年12月 新修版一刷
版權授權：周辛南
ISBN：978-626-7303-19-1

風雲書網：http://www.eastbooks.com.tw
官方部落格：http://eastbooks.pixnet.net/blog
Facebook：http://www.facebook.com/h7560949
E-mail：h7560949@ms15.hinet.net
劃撥帳號：12043291
戶名：風雲時代出版股份有限公司

風雲發行所：33373桃園市龜山區公西村2鄰復興街304巷96號
電話：(03) 318-1378
傳真：(03) 318-1378
法律顧問：永然法律事務所 李永然律師
北辰著作權事務所 蕭雄淋律師

行政院新聞局局版台業字第3595號 營利事業統一編號22759935


國家圖書館出版品預行編目資料

新編賈氏妙探. 26, 金屋藏嬌的煩惱 / 賈德諾(Erle Stanley Gardner)著 ; 周辛南譯. -- 臺北市 : 風雲時代出版股份有限公司, 2023.05　面；　公分

譯自 : Cut thin to win.
ISBN 978-626-7303-19-1（平裝）

874.57　　112002576